有温度的人

周庆荣　著

四川文艺出版社

诗魂：大地上空的剧场——观戴卫巨幅国画《诗魂》 2

高　僧——观戴卫同名国画 20

智　者——观戴卫同名画 22

寒江独钓——观戴卫同名画 24

围　棋 26

人心是最后的作用——观戴卫画《长城》28

将军崖岩画 30

大画布 31

大禹渡 31

第一辑：只在往事里发现那些暖的

独祷——以此诗警惕那些法西斯阴魂不散的乌鸦 32

勾践词典里的语汇 34

治水之策——给大禹 36

一堵老墙 38

清明，想到故乡的先人 40

钟　声——观戴卫同名画 42

存在与虚无 44

夜运河素描 46

天空在上，我们一起痛饮——观戴卫画《酒魂》48

就让竹林美妙如坟冢——观戴卫画《新竹林七贤》51

创可贴——步徐俊国诗句 56

有温度的人 72

我向往光芒的思想 74

我这样要求未来 80

黄昏散曲 84

爱的时态 86

引号：夜的对话 87

给故乡的答案 88

红灯笼 89

平安夜 90

第二辑：在现实中记住温度

我用自己的体温对付冬天的冰 91

冰之夜 92

上下为难时我就发呆 93

如果累 94

告别山头主义 95

尊重玉米 96

公正地评价一块石头 97

嘹　亮 98

子　夜 100

鲲　鹏 101

又想到沙漠 102

湿地的传说——给D.J兄 113
爱　情——代代相问 114
城堡上的女孩 115
握母亲的手，然后喝茶 116
秋夜独语 117
这一次，我只对渡口情有独钟 118
世界会从梦中醒来——写在六一儿童节 119
超　越 120
雨后：复出的夕阳和上面的乌云 122
上　坡 123
母爱是一纸合同——写在母亲节前夕 125
劳动者 126
湖畔新闻 127
声音在耳朵深处开花 128
选　择 129
我来自哪里——与新归来诗人群同题 130
两种力量 130
下冰雹也不能阻止我六月午后的散步 131
对你们我要慷慨些 132
让我们提前老 132
方　向 133
关系：蚂蚁和大堤 134
我给星星解冻 135
鸡年往后 135
烟花之夜 136
我以沉默的方式歌唱 136

第三辑：我可以自己暖

我歌唱午夜的雪 106
静物：柿子和喜鹊 107
我在黑暗中继续写诗 108
没有月亮的夜晚 109
我决定和沙河一道冷 110
对　月 111
想起小草 112

阿尔山的态度 140
文笔峰——给天下第一道山 142
在莫干山剑池——给箫风兄 143
沉香的哲学 144
花之外 145
龙井的立场 145
苍梧路 146
湖水踩着星星的脚印走进我的梦 147
朝　阳 147
蓝　天 148
荷花和乌鸦 148
我是这样步步深入地走进甘南 150
道士下山——写给文笔峰 152
在普济寺我想起渡过的大海 152
泰山与日出 154
赞叹一棵树的康复结果——沉香 155
旅行吧，到陌生那里去 156
清溪在仁山中智慧地流过——写在绥阳清溪 157
深入山王洞 158
双河客栈：顿号之后的旅程 159
黄昏：亲人的眼神——一个村庄的档案背后 160
秋后在韩家荡说荷 162
山脉K线图 162
丝绸的野史——写给吴兴 164
创作年表 166
后　记 168

第四辑：温度，在山水之间

第一辑
只在往事里发现那些暖的

　　我的路漫漫无终，清醒的人，你们愿意与我一起求索？求人间正道披着人心的光芒，求黑云压城时吹来一阵有力量的风。

　　　　　　　　　——《诗魂》第二幕
　　　　　　　　《屈原——一个节日的理由》

诗魂——大地上空的剧场

——观戴卫巨幅国画《诗魂》

第一幕：孔丘走向诗

【布景：一马一车，云梦山、淇河水，蒹葭。人物：孔丘】

到了秋天，芦荻花就不再说话。

头发苍白了，岁月如果寻根，春天薄雾里的佳人，她在河之洲。

我期待世界向每一个人敬礼，当王道腼腆，我看到诸侯在各自表演。人心不古之后，礼乐崩坏。

我们是否应该记住自己的出处？

风来了，云要动；月明时星要稀，黑暗黑到无奈，天应该亮，我提醒天下这就是规律。

而地盘的意识越来越浓，一车一马，我要看山看水看天下。这时，鹿还在山林，中原的土地上，夏天，八哥在给麦子催熟，秋天，棉花收藏着未来增值巨大的温暖。

尽管保守与两千年后的"左"无关，我承认自己没能找到知音。谁能想到一个过早被人称为夫子的人，他有一颗浪漫的心？

站在泰山之顶，让天下小。

我游云梦泽，仿佛看到百年后的文治武功。预言留给叹息，我听到平凡的人们正在把日常的话语说得神圣。灰尘多的时候，诗开始重要。

粟米批评硕鼠，树木反抗斧头。君子想念淑女，庙堂被布衣孤立。巧言毁德时分，或许，诗是最好的真理。

一首又一首诗，万里江山，三百种抒情。

《论语》是沉闷的，《诗经》不妨活跃。

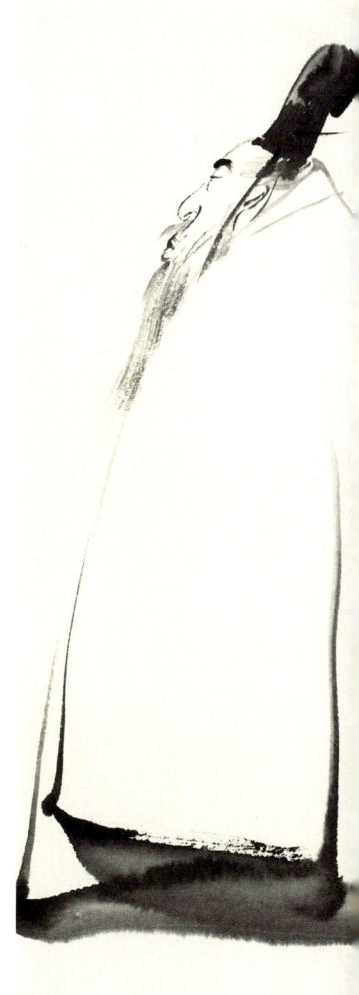

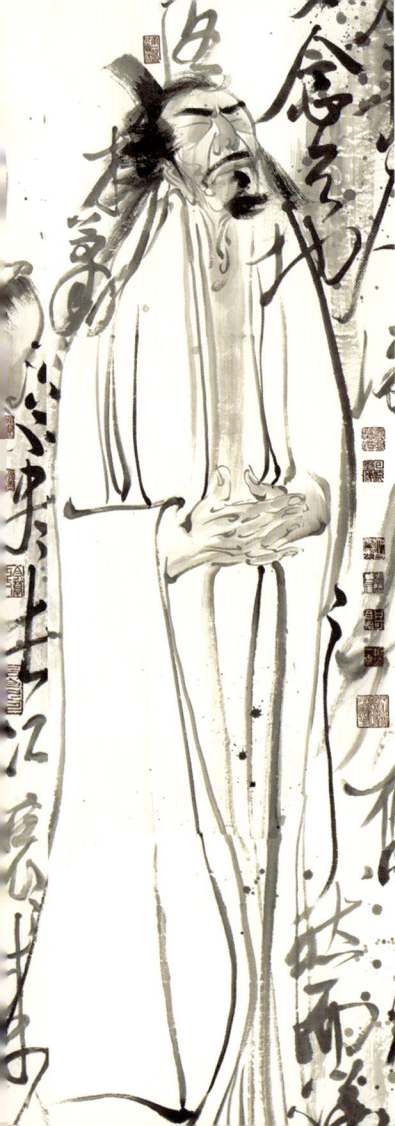

第二幕：屈原——一个节日的理由

【布景：漫漫楚国路，汨罗江，水草。鼙鼓、长戟。人物：屈原】

我带着使命而来，舞台是告别之前的真实。我听到夫子的叹息，他离去，在法家一股独大的环境，"仁"独自寂寞。

【孔丘：此刻站在舞台上的这个人，注定壮志难酬。他创作悲剧，然后成为土地上一个节日的理由。】

我的王，官袍已经叠得整齐。

艾香在书案上袅袅诉说，说形势的严峻，说我们的土地不久就会被改变姓名。

美人兮，在江之畔。

狼烟四起与我无关，我要远行。我的路漫漫无终，清醒的人，你们愿意与我一起求索？求人间正道披着人心的光芒，求黑云压城时吹来一阵有力量的风。

是的，我要永远求索。谗人在市井热闹，名士借酒浇愁。

人群啊，是时候了，你们要警惕。一只鹰正从北方的山梁飞来，你们虽然活着，我掩涕无言。你们是鹰眼中的腐肉，我要远行，像流水一样永生。

汨罗江，你是我长租的客栈。

水草如花，我是花瓣上的鱼。

鱼的泪是整条江的水，挽歌不呜咽，挽歌只行吟。

再见了，我的知己。

再见了，我的王。

再见了，我的敌人。

我睡在安静的河床，我的敌人庆祝一个节日的诞生。多年后，一场大火烧了敌人的城，那时，好人也会过节。

怀念我的人，在宣纸上写下节日的名字：端午。艾草插在屋檐，它是我苦苦的心。

第三幕:李太白的心长成了诗魂

【布景:蜀道画面然后切换到京都长安,华清池、贵妃出浴,如洗的月光下太白与自己的影子对饮。人物:李太白】

千年,弹指一挥间。

现在,我是舞台的主角。屈子的脚印如同沉睡的路,他没能写好天下文章。醉在汨罗江,酒是不尽的水。

未来的人们把浪漫主义赋予我,在红墙之内,我看到无数影子被拍打在窗纸上,图案的外面是欢乐,苦痛的内涵关在屋内。

美人舞袖,我喜欢三月桃花。

浪漫主义的人,心里能把皇帝的贵妃看成我自己的妾。我不要江山,我只赞美。当诗遭遇深刻的现实主义，我的灵魂直挂云帆，所有的光荣到了沧海不过是一望无际的空。

我把一个男人心底的欲望留给了《霓裳羽衣》曲，诗如果美，抒情的对象属于怎样的立场，我忽视。

动荡的年代，诗人何为？我知道安禄山也想有所作为，诗人遇到流氓，应该怎样？

来，我们一起喝酒。五花马，换酒；千金裘，换酒。浩然兄离我很远，王维就在城中，但是我不和他喝酒。我举杯邀月，酒后，乡愁激动。

像后人叙述的那样，公元八世纪中叶，我四处游荡。我的诗远离了爱情，我抽刀断水，我仰天大笑，我是诗人，天上流星飞过，我是追逐流星的神仙。

时间多久也没关系，距离再远也没关系。

那些继续写诗的人，你们忘记了我周围的细节。你们一代一代地活，你们是我的墓志铭。

铭文一：这是一个逼急了也能战斗的诗人，他说"愿将腰下剑，直为斩楼兰"。

铭文二：这是一个有未来的诗人，他义无反顾，请众人一起记住"君不见黄河之水天上来，奔流到海不复回"。

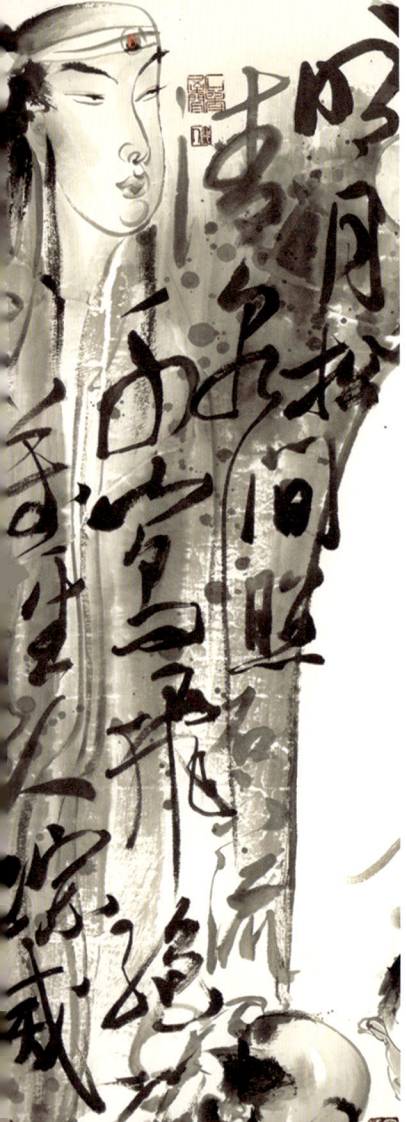

第四幕：王维——繁华落尽我更静

【布景：长安。终南山、新雨；幽篁。人物：王维】

一些举止故作魏晋风度的人，他们误判了诗人。

庙堂高深莫测，市井车水马龙。我脚步沉稳，升起的太阳替我安排每一天的内容，夜晚，帝都的府邸悬挂灯笼，我观察灯笼上面的天空，星星冷峻。茶一盏，香一炉，宣纸上画出遥远的山水。

我在热闹中行走，控制着灵魂深处的飞扬。让一个诗人去平衡世道与人心，心累否？

太白与我几无私交，但我亦想仰天大笑出门去，不做蓬蒿，做一片竹林旁房庐的主人。

浩然兄，到终南山来。

新雨访问空山，雨停后，明月就满足了我的期待。林梢的鸟语省略复杂的人话，小鸟不擅权，它们只自由地飞。

人生如果可以有悔，我就悔自己在帝都留下。

与气节无关，我只想到是另一次就业。

我的心在远方。

感谢诗歌，它让我没有死于非命。

对真朋友的远行，我比以往更加孤独。

再喝一杯，故人站在原地，远方环境陌生。

心空了，我画竹。然后画我，我在幽篁独坐。

幽幽我心，石上清泉。

身份被动，我写诗，诗是我唯一主动说出的话。

我就是这样的一个人才，活着就是一切。

而当别人的一切为了热闹，我沐浴更衣，远离尘嚣。

"大漠孤烟直，长河落日圆。"

一曲终，如同人生的句号。

第五幕：陈子昂：我登幽州台

【布景：古琴，幽州台。奸人段简的画像。人物：陈子昂】

我也是一个会拿剑的文人。
剑锈蚀之后，我读书。
前朝的文章如同化妆的女人，我想洗尽铅华。
后生可畏呀，我来到这个舞台时，太白和摩诘刚刚离去。他们比我晚生六十载，他们的文章才是我此刻的梦想。
我的大主人是一位女陛下，我没有写爱情，只写怎样才能让祖国更好。
祖国的处境波澜起伏，天下太平一定是最好的文章。
我无法主笔，宵小之徒鸡犬升天。
烽火狼烟，人脸选择面具。
是在这个时候，我登上幽州台。我以自己为中心，前面的古人都进入地下，很少有人再提起他们的名字。后面的人依然在观望，他们不来。我不敢想象即使他们来到我身旁，他们愿意握我的手？
天地悠悠，谁在流泪？
硬朗的风吹起浮尘，视线被迷惑。
胭脂糟蹋了好文章，我要直来直去地说话。说辽阔说得豪情万丈，说小人说得人家杀机心起。
不要轻信故乡的人。
一方水土也会养出不一样的人。
我的目光向前，小人段简在我的身后。
看不见的箭未来依然会有，比如五百年后这个舞台上的岳飞，他是黑暗中的一点光，一点光沦陷在黑暗的庞大里，生与死，都是囚徒。
在幽州台，我最后一次流泪。
我的对手不写诗，他们只写利益。
我不想战胜利益的法律，黑暗垄断了我，我就在黑暗中继续写诗。

第六幕:杜子美:我徒然地看着自己的屋顶被风吹破

【布景:长安,饿殍;泰山之顶,流动的长江,杜甫草堂。人物:杜甫】

请记住我深刻的皱纹。
那辉煌的记忆和国破的岁月,我用最初的行走致敬每一处山河。
我知道任何产生英雄的时代,人们要做好颠沛的准备。
我在皱纹出现之前,一心豪迈。
在泰山的高处,我怀念千年前的孔丘,我一边思考他的理想,一边望着远方小下去的山峦。
因为对事物的清醒,我呼唤春雨在该来时来。说到春雨,它行事低调,草木证明着土地深处的生命,伟大的态度从来不喧闹。
我向春雨学习,热爱日子的重复。时光的内容如同往常,山在山那里,人在平静的人间。
像许多人一样,我用漂泊证明自己的勇气。
颠沛流离的人,未来一直会有。他们有一颗勇敢的心,我就是这样在长安的街头勇敢着。我以在场的方式对待世界,一生没有学会逃避。
饱读诗书的人,你不选择济世,难道只介意自己的伤悲?原谅我,我的眼里容不得半点沙子，我目光敏感，细节生动在我柔软的心田。

鼙鼓响，国有殇。

我亲切的土地，成为敌人的战场。

我无法告诉历史，一种动荡一定有一种原因。

比如，我看到朱门的酒肉，比如我还看到路旁冻死的人。上天给了我清醒的批判现实主义的能力，我以正义执法。地面上的吏，以国家的名义伤害了多少人的心？你们不要跟我提石壕，那个老妪仿佛天下人共同的母亲，我的泪水流给她。

太白说：举杯消愁愁更愁。

我是有乡愁的人，但我已经无法报告我的消息。

柴火可以做饭，烽火却煮沸宿命的野心。

我终于没能原地厮守，我是一个被行走的诗人。

草缮的屋顶，那是温暖的家哟。

回忆自己的抗争，我没有赢得与风的战斗。风掠走了家的铠甲，我冷，但我想到更冷的人。

我的同胞，我希望我们都有正常的体温。

天气如果冷，我们一起互相取暖。无边落木萧萧下，生命的背景正在肃杀，我该如何去爱这个世界？

花溅泪，鸟惊心。

诗人，谜一样地告别。

第七幕：柳宗元：天气冷了，我寒江独钓

【布景：长安、永州、柳州；披雪的江。人物：柳宗元】

他们都已经走远了。
一直冷峻的现实与一直热烈的心，与前辈的诗人相同，我首先要求自己对事物有用。
我在字典里给宦官打×，这些人眼里没有下面，他们在上面活跃。
局面的锁孔锈了，事件堆积。我寻找智慧的钥匙，但是我不是开锁的人。
永州有一条江。
社会如水，我呼唤河床。
故作镇静地走在岸边，我随时光行走。
尽管他们给了我冬天，我还是不能辜负。
叶子落尽，树干是土地上的骨头。
鸟去了暖处，我坐等一场雪。
雪平均了世道的差异，官道与野径终于没有了区别。
天地大美。我放下文字，拿起长竿，在寒江独钓。
钓出温暖，然后，苍茫大地不再冷酷。
浮华的话语岂能立言？文章千古事，所述不能空。
谁知道握笔的手，握着的却是一声叹息？
时间的括弧里记录着：永贞。我希望一切庄稼能够自由生长，这个阶段，忍耐，是唯一的发言。
姓柳的人，一身去国六千里。柳州，总结了我最后的存在。
其后，捕蛇者说着现实。
岭树重重，隔断千里目光。江水弯弯，仿佛我百转回肠。

第八幕：李煜：江山就是一首诗
【布景：金陵、汴梁、洛阳。西楼、如钩的月。一江春水。人物：李煜】

我早就感觉到江北传来的寒意。
马蹄踏霜，地面铺满刀的锋芒。
一颗帝王的心，是否不该轻易地抒情？
草木上的露水，像我的人民善良的眼睛。
烟花三月，柳丝摇曳自由。玄武湖平静，我多想用柔软的诗行，为大地写下和平。
我隐忍着帝王的尊严，勇士的心含蓄。人民春天扶犁播种，油菜花开得江南欣欣向荣。
这是我的江山愿景。
美人不是帝王的专利，她们只激发人性的真实。
站在这个舞台，我想表达寻常人那样的爱。
危机时刻都有。我干脆登上西楼，如钩的月钩住梧桐树上的寂寞，我是梧桐树下人。
都说诗歌伟大，它终究没能代替千军万马。
杜工部说：国破山河在，城春草木深。
旧时皇宫，此时乡愁。
我是汴梁一客。洛阳城里观牡丹，花瓣残，任凭流水载走往事，故国不堪回首。
赵宋专制了我，我的诗回荡在三千里地山河。就误一回国吧，未来琴弦悠悠，那是我的歌谣。
葬我的人，请在我的墓前种下一棵松。
青松挺拔，像两百年后来到舞台的岳飞。
英雄写诗，诗歌悲壮，还是人悲壮？
小楼昨夜又东风，菊花残，寒雁高飞人不还。

第九幕：苏东坡：人生应该从此无恨

【布景：汴梁、杭州、西湖，一轮明月，赤壁。人物：苏轼】

告诉你们，一切存在应该待在原处。
修辞损害了世界的信心，即使进步的格律也会怠慢语言的生动。
语言一旦解放，本质就会自由。
给当下惯例加一些任性，给已经出现的自由加一些沉重，语言在这里，思想却到了远方。
我眼中的词存活在日常里，蹉跎或者苦难，在哪里安身就在哪里表达。我并非顽固地恋旧，只是我把任何新的变化放在规律里。相信一朵莲，它不会开放成仙人掌。
对与错无非是人间的浅唱低吟，谁能给真相命名？我歌唱背景，是为了我们继续前行时一切不至于面目皆非。天空的雷声总是响在我身后，我于是行色匆匆。大江一定东去，你如果不想平凡，就在往事中怀念千古风流。小乔长大，公瑾走远，我来到赤壁。

一些人被身外的事侵略，幸福变成有条件地感受。大雪落在中原，生命升华时，仿佛飞鸿踏雪。比如西施离开西湖多年，我却要刨根究底，污泥不能影响荷花的出生，上面纯洁，下面也要简单。

我再次远行的时候，是因为太阳的呼唤。

南国的温度似乎为人性体检，辉煌留给曾经，每一个今天都是最好的。写字先写从容，惆怅虽然难免，我们一起把酒，问青天问出豪迈，至于坎坷，让一杯酒来说话。

我徘徊在月色下的苏堤，艳词走远，月光的颜色如同我处事的哲学。颠沛可以，绝望不行。

当我老了，请吹奏丝竹，放下一切抱负，版图上的奋斗已经平静。我一生如水，我是我自己的河床。

那些懂我的人，千里婵娟，于大地的深处。

第十幕：李清照：我仰头，英雄在何处

【布景：汴梁、青州、杭州，梧桐、细雨。人物：李清照】

剧目一幕接着一幕。
我窗侧独坐，安静的观众内心柔软。我看黄昏，听黄昏的细雨在蕉叶上弹奏。
该我出场时，诗词俨然成为精神。
我多想一直依靠着夫君的肩膀，风雷动我不动，旌旗飞我安详在花畔，如蝶。
不测的人生需要我独自漂泊，秩序和礼教笼罩四野，秋风秋雨俘虏了江南的芬芳，一个女子的骨头一边行走一边开花。
错误的爱需要多少诗篇才能存放？

若要描绘一个人杰，先从苦难中独立。举九万里风鹏，吹尽天空愁云。英雄何处？

这个舞台，该来的已经来过。他们留下时间的档案，档案记录着他们的气质。我们就是这样升起在空中，大地上重复又一番真实。

星光闪耀之后，人间畅所欲言。

满壶欲望，心事化做一杯残酒。

是否窗明几净永远不敌灰尘？请不要责备我走向婉约，人世沧桑之后，我感叹真情已如瘦月。虽然太阳依旧是我心脏的温度，但我的双目经常挂着泪水。

更哪堪国破故乡远，一伤离别，诗句变软。

谁会是那个手提长枪的人？

他把故乡还给我，我不再写诗，我做他的美人。

第十一幕：岳飞——我依然想收拾旧山河

【布景：精忠报国（书法）、燕云十六州地图，临安、风波亭、岳王庙】

一个敢于战斗的人，要在这里写几首诗。

犁片翻开新土之后，麦子、稻谷就自然生长。桂花秋天里开放，月下丝竹声温和柔软。农耕概念下的人们，热爱和平如同热爱自己的庄稼。

当战马发挥作用，危机出现，有多少战士从农田里走出？

当敌人杀向我们，我们不能让他们看到我们的背。

平静的环境里，每个人都是英雄。

我生活的年代，土地被改了姓名，庄稼喂养着他们，他们把箭射向我们的人群。

战场是英雄的起点。

英雄，一生敢于对决。

好山好水今后慢慢再看，功名委于尘土，我走一条战士的路，向北八千里，风云下旗帜漫卷豪情。

事情发生在我们这一代，只需要血肉与意志，我们不把指责、遗憾留给后面的人，留下的应该是牛羊与鲜花。这是我对待未来的态度。

原谅我，没有全面地考虑战争的类型。

比如王道，比如人心。

比如在忠诚之外，一直存在背叛。一些人在敌人那里积蓄着财富，一些人把孩子交给了敌人的江山。一些人用我们的银子换取敌人变质的牛奶和羸弱的马匹，一些人干脆在黑暗中放箭。

心事付给瑶琴，弦断缺知音。

假如我重新活过，我不写诗。我写论文。论不平衡的外交与和平，论政治与发展，论辉煌的梦想与可能遭遇的不同。

将来的时间里，我确实成为壮志未

酬的英雄。

英雄一去，不再回来。

风波亭，潇潇雨歇。最后一杯酒，最后一次北望，英雄，从此在西湖畔沉默。

杜鹃泣血，啼鸣的声音是《满江红》？

［画外音］

《诗魂》画中部分古印文，仿佛观众的声音。无声，但刻在石头上，气质坚硬，极符合剧末画外之音。

古印一：路漫漫其修远兮

古印二：人爱名与利我爱水与山

古印三：千里之路不可扶以绳

古印四：但开风气不为师

古印五：长风破浪会有时直挂云帆济沧海

古印六：醉倒落花前天地为衾枕

古印七：愿读人间未见书

古印八：人不去恶意亦不得道

古印九：世事漫随流水算来一梦浮生

古印十：第一功名只赏诗

古印十一：沧海日赤城霞峨眉雪巫峡云洞庭月彭蠡烟潇湘雨广陵涛庐山瀑布合宇宙奇观绘吾斋壁少陵诗摩诘画左传文马迁史南华经右军帖薛涛笺相如赋屈子离骚收古今绝艺置我山窗

【风把远处的云推过来，闭合了舞台，掩去了星星。《人间词话》从人间的真实来，现在，人间沉睡。下一阵风何时出现？乌云离开，星月再现。】

［剧终］

注：《诗魂》是著名画家戴卫先生七十二岁时所完成的巨幅国画。画中十七个人物，其中包括十一位古代著名诗人。画中书写了十一条诗歌名句，他从自己收藏的近两千方古印中选择了七十七方，加盖在画面上，使诗书画印相得益彰。他独到的以书入画的艺术表现力兼之以古喻今的哲理意蕴，让观者心灵震撼。

高　僧
——观戴卫同名国画

我们先说说高处的奇妙，偶尔与我们之间会隔着一层雾霾。乾坤和宇宙暂时不说，我们望天天不明朗时，爱没有着落，而恨意在大地上弥漫。

真实的情况是：天在天上。我们爱或者不爱，天上的蓝蓝得一如平常。尘埃是半途的叹息，一半往事在后，一半憧憬在前，拿什么擦亮双目，左眼看着世间的积垢，而右眼在盯紧前方的希望。

人们认同的天平，现实的辉煌是那么咄咄逼人，无数次我在夜空下自语：让我误入歧途吧，我放弃所谓的更好，我发现许多秘密，我愿意枯守一隅，缄声，如果心痛，我就想念佛祖。阿弥陀佛，我不爱而爱，不恨而不恨，不欲而真的无欲。最亲的人也许上山，他们采百草熬汤，他们认为我病了，我就真的以病的方式远离光怪陆离。

高僧的觉悟是他记住了最初的灰，土地和天空的边际，灰是伟大的色彩。大红大紫在雷声后变成一缕青烟，所谓的原则属于空，是的，我相信高僧的境界在于他比我更会空空地活着。一切可以装下，装下一切之后他依然是空。

酒肉穿肠吧，兄弟啊伙伴啊，你们不要再次要求我，我给你们无限的祝福，我自己则让左手找到右手。它们合成掌，世间在边上动，道理在头顶,合掌,寥廓就是觉悟。我不披袈裟,高僧是踌躇满志时的恍然大悟,一切是你的,我只在一切里。

2014.3.3凌晨

智 者
—— 观戴卫同名画

新生事物一直都有。

目中无人的伙伴画地为牢,秋天的老叶片代替了春天的青嫩。这个世界的一切已经熟透?季节末的枝头,柿子的破裂声将划破空气,一群喜鹊在东,一群乌鸦在西,对于果实的理解仿佛一场战争的先兆。

在烦嚣的人群里甘为走卒,广阔的草原羊群幸福。做放牧的人或者是被牧的羊,草深深花艳艳,鹰的翅膀谱出悠然的长调。

不当统治者了,不唠叨烦人。悠然者无害,两个老兄弟,让一盘棋局长出好心情。红尘堪不破就放在山那边的城池里,找一个掌柜的把红尘给当了。你执白,我执黑。落下两颗子的棋盘,不是黑道与白道的对垒。

棋轻局重,乾坤里关乎众生。以食指和中指调动兵马,岁月的经验不是智者看上去的仙风道骨。智者知道天在天上,智者知道地在地下。人群络绎不绝的世间,一种力量叫进步,一种力量叫保守。智者的棋谱里没有私欲,金角银边草肚皮,我在一隅守住底线。至于中原逐鹿,只要人间不是尔虞我诈,不是自相残杀,允许偶尔的一些风云,世界的悬念止于一场虚惊。

智者从来不虚张声势,他们只是让棉花在冷的地方生长,让鲜花去感动那些丑陋的,让稻谷在贫瘠的土地飘香。他们还会说服好房子未来的主人们,给挥汗如雨的砌墙者把扇送去凉风。

至于我,我对我所知道的世界充满期待。夜深时分我是一个看画的人,画面上的两个老人和一局棋,智者来也。

2014.8.24凌晨

寒江独钓
——观戴卫同名画

太阳沉在江底，世态有点凉。

一舟一人一竿，你说我独不独？岸上人影绰绰，真实的一条爱犬在主人后面忠诚着。而我在江心甩竿，将线放长，水深不可测，沉沦的太阳因此深不可测。

春天还在远处，水不暖。

画家让主人公寒江独钓，我一生不当旁观者，所以我愿意是那个垂钓的人。我不施诱饵，因为没有一条鱼能够诱惑我，姜太公钓的是江山的新概念，我不对江山动心，我只是具体山水里一个小小的存在。

太阳不在，天空不热，地面不温暖。

小人物于是也可以放长线，他钓的是匍匐在江底的太阳。

什么时候纤夫都是合格的劳动者，他们在喊着号子，号子鼓舞着我忍耐孤独。那信念的光芒，绝不能离开比历史更加久远的天空。

寒江，独钓。

有河豚咬住钩子，我抖开它；有江蟹钳住鱼线，我抖开它；有苗条的江刀在鱼漂边上翻腾着美丽的肉体，我想了想，最后还是忍住不动。

独钓寒江，仿佛沉默已久的英雄有了气概。我只想把太阳钓起，然后把走散多年的童伴叫回来，一起做一个硕大无比的风筝，把太阳系在线上,风筝上天,太阳跟着上天。
有了太阳的天空才能不让人们失望。戴卫把江画寒,把太阳画在水底,他和土地上的向日葵开了个玩笑,然后,他画了个垂钓者,别人钓鱼,他钓的是太阳。

2015.3.4晨

围　棋

执一枚白子，堵上自己一条长龙最后的活命空间。当战场被清扫，硝烟止于空。四周是黑色的力量，极似死亡之后无边的黑暗。

而生机始于不起眼的边角，中原失守了，我依然不认同全军覆没。我是一个打不倒的人，欲望缩小，不是溃退，而是让一个角落重建生命。活命的土地不大，容得我立足，天空不要过于辽阔，留两个小孔即可。

不大的土地只需长出三百斤麦子，温饱之后，栽上竹子数株，松树一棵，冬天再开放梅花数朵。有一石桌，黄昏摆茶，夜晚放酒，墨一碗，毛笔一支，我想写什么就写什么。世界风云尽可变幻，老子从正楷写到狂草，必要时用红笔给所有的丑恶和仇恨打叉。不写苦，只写有意义的甘甜，即使我有千百种理由绝望，我也要祝福万物苍生。至于两个小孔，一孔留给活命的呼吸，一孔用来经天纬地。一切的天机从地面长起，比如向日葵，头颅只离地三尺，光明却高远在整个天穹。

围棋里哪有真的战斗，在这虚拟的沙场，被围到绝路，我不会投降，如果慷慨赴义是个英雄，我有当英雄的理想；说到声东击西或者趁火打劫权当善意的幽默，会心一笑恩仇皆泯。别人自可拥有开阔地带的风光，我只需一个小小的角落。

一个小小的角落，也可以蔑视整个江湖。

2014.3.29凌晨

人心是最后的作用
——观戴卫画《长城》

我的泪滴在这个画面，算是给岁月增加一点风雨。

真实的城墙起源于砖石，目的在于阻挡。初衷伟大时，祖国的版图可以同时铺开春夏秋冬。不想惹是生非的时候，风雨在外面，我们在里边。长长的墙让画家一笔一笔地建起来，他把每一块砖画成人的模样。血肉相拥，心在身躯之内。地面的向日葵拥有集体的头颅，太阳在高高的天上。方向是人心的选择，国破否？苔痕专营自己的存在，但是，人心不生锈。

如果麻木和专制成为时尚，人心会相背。所谓的自毁长城就是长城的坍塌，可爱的生命一个接一个倒下，年堙代远的记忆也许重复为未来的预言。我曾经在长城的垛上扩胸，豪情气吞山河。一切的庄稼和牛羊，我看在眼里，我爱它们。马背上的英雄以及烟花春雨的江南，姑娘和伙伴，我们都是自己人。我们不互相残杀，我们只彼此安慰，彼此祝福。长城不能倒，我真的还没有爱够。

人群熙熙攘攘，大地经常苍茫。长城的画面有时含蓄如哲学，一颗心看不见另一颗心，或者有一种力量高估了自己，它伤了所有的心。筑怎样的墙才能完成防御？鹰从山峰飞来，它飞逾地面的屏障。它目光如炬，它从雪莲花的境界来，它观察地面上红尘滚滚的万象，它一边飞翔，一边喃喃自语：人心是最后的作用。

2014.2.4凌晨

将军崖岩画

当初,海水如何在山脚下发出小小的呢喃?

一面山坡朝南,阳光晒过来,海鸟俏皮就俏皮吧,文明发生在锦屏山的时候,把劳动和娱乐刻成画,因为一些最初的朴素象征人性的根,因为文字是繁体的,复杂尽可省去。

假如画也只是幼稚的文明,就留下一些符号,如鸟飞过后来的海州。海州之前的岁月,我们暂且让岩画上的符号来叙述。说说这里的古人,他们态度干净,没有心机和野史里功名利禄的励志。这片土地簇拥着锦屏山,春天长着油菜花,秋天稻谷养人。恨不多,悠悠的是爱。爱悠悠呀,语言难以道尽,把态度刻在山坡,深刻地古训般提醒过日子的人。随后的岁月文字一直在进化,如同人们装饰的技艺有了进步。

我知道将军崖的时候,雨水已经流过千万吨,符号仿佛舞蹈,符号仿佛全部语言的含蓄。内涵的地理此刻的坐标在一座名叫连云港的城市,这里的后人不忘本,因为岩画证明了古训的出处。

2015.4.27晚 连云港

大画布

把一张大大的画布留给我。
我就要开始画画了,世界这么大,我不能把它画小,我想画出一个好世界。
画山画水画好人,画天空并且不忘画下自由的云彩。画庄稼给所有饥饿的人,画路给那些就要绝望的人,画鲜花画上瘾,谁善良厚道我就画一朵给他,谁克服黑暗让人们走出苦难,我就画下人心的光明和热爱。
画江山如此多娇,画和平画得我双目充满了泪水。
我收集战争留下的灰烬,用最黑的颜料画下地狱,那些让世界生灵涂炭的牛鬼蛇神,是地狱里最坏的鬼。
我画人间永远的繁荣,画宁静画成一只鸽子。鸽子于是在天空飞。
大画布上,最后就是一只鸽子。世界安静,鸽哨在响。

2015.4.24晨

大禹渡

即使最后的一渡,也远离惊天动地。水,铺天盖地而来,它急,大禹不能乱了方寸。
我在大禹渡缅怀古人的时候,黄河正在远古咆哮。我们今天以膜拜圣贤的名义批判现实时,其实是在赞扬大禹的耐心。他宏观调控漫漫洪水,如同理解一条河流断断续续的无助。
他想到母亲本能的乳汁应该滋养全部的子民和温饱他们的庄稼,他把对家园无比的牵挂压制为对这样一条河流的懂。
懂,是秘密的秘密。
懂一个渡口平静地安排归和来,懂一条船安详地驶向黄昏。他组织河床下切,为了随后容纳现实里事物的泥沙俱下;他协调湖畔和血管般的支流,强调分享的意义和责任的担当,如果黄河心情沉重,他会让白鹭和霞霭预言远方的大海。
一切就绪后,他选择在这里渡了自己。
渡口因此空旷,空旷地装下蜿蜒至今的岁月,黄河如眼前优美的弧线,再大的怒火也会平静。
在大禹渡怀念大禹、渡口安慰着人间的来来往往,没有一种洪水会是猛兽,大禹走后已久,后面的人们一个一个地来,渡去往事,为了未来的豪迈。

2015.7.7凌晨

独　祷

—— 以此诗警惕那些法西斯阴魂不散的乌鸦

和平了,黑白颠倒的废话由一只乌鸦在说。

乌鸦站在一位勇士的墓前,它站在刻有一个生命名称以及长度的石碑上。勇士死于一场正义的战争,拿枪的手在深深的土里沉默已久。他无法让乌鸦闭嘴,和平了,他属于带有硝烟的勇敢。

我相信乌鸦是没有能力成为反革命的,它黑着身子亮开嗓子,飞翔着传播不和谐的声音。它似乎更怀念那些让这位勇士倒下的人。

日子就这么太平很好。

勇士可以不拿枪,不让刺刀见红。他可以耕地播种,做麦田的守望人;他可以管理园子栽花锄草,等到他有了爱情,随便摘一朵花就让半个天空笑得云霞灿烂。

勇士躺下已经许久了,我活在和平里也就是活在他的未来里。他的未来依然飞着许多乌鸦，不说人话，左翅膀扑闪阴谋右翅膀扇动欲望。

四月的黄昏，我独祷：没有了战争，勇士就从此不会成为先烈。乌鸦走远，黄昏该是多么宁静。

2015.4.21

勾践词典里的语汇

主角是狗贱——对不起，应该是勾践。

出于对历史的尊重，我应该把一个名字写正确。勾践是一出戏的主角，戏名叫"卧薪尝胆"。

励志的文章尽可以在古书里寻找，越王妃以及西施夜宿何处？勾践在美好的月光下正遭遇黑暗，他一边卧薪一边尝胆。至于如何装疯卖傻去掩饰愤怒或者所谓的斗志，暂时省略。

江山的主人最后都被江山抛弃，这似乎是法定的宿命。而抛弃的概念如同一只鸟的两只翅膀，一翅伤害了友人，极似同苦而不能共甘；另一翅犹如忠诚之士默默走远，短暂的辉煌不是故事的结尾。

范蠡和西施找到了一叶扁舟，他们相信自己的预言。湖光山色安慰自由的智慧，你留下，我们走。勾践的语汇里空白了两个人的名字，狗贱，你是怎样的王？

没有果断走远的文种，勾践的语汇里出现了一把刀，刀刃锋利，它喜欢文种洗得干净的颈。谗言在暗处，它们是把历史写错的恶人。

空白的语汇证明着帝王的无与伦比,帝王也需要睡去,所谓的噩梦无非就是呐喊与鞭挞。
江山不在结尾处,勾践也不在。
文种被死亡,范蠡与西施爱了一世,然后也属于山水或者泥土。
只有这个励志的故事仿佛骗局,江山是一本大部头的书,写着勾践的这一页在阴暗中霉变。
退,退,王者的语汇一定不敌天之道。

2015.11.4凌晨

治水之策

——给大禹

一般情况下，水自己安静。

用流动的方式走完它的一生，漫长或者短暂。这更符合一条河流的定义：有自己的规矩，偶尔也会用涟漪和波浪来表达态度。

它无法决定自己的清与浊，主要看它的路程经过的地形和土壤的软硬。它甚至走不了捷径，常常一个弯又一个弯，它战胜曲折的方法因此被人们借鉴，一波三折之后，事态将会平息。

当人们为天道人心叹息，一条河同样会发一下脾气。庄稼和鲜花成为水草，牛羊仿佛波浪间最大的鱼。

洪水来了。

让一条大河听话，简单的训斥不够。

关键在于人间的套话解决不了连日的阴雨，好山的山头洪水泄下，谁是管理闸门的人？

初秋的黄昏，我一边喝茶，一边在大禹渡边看着黄河。眼前的黄河温柔腼腆，曾经的失态似乎凝固在凸起的河床上，河床是细细的黄土，它是万里江山开小差的那部分。

我继续关心的问题，假如训斥不够，应该如何治水？

大禹的策略：他首先理解水是谷子成熟的动力；允许天鹅在黄河的湿地自由恋爱；研究好水面的船与水的关系；河床要做默默无闻的深刻的英雄，它不能羡慕上面的长满油菜花的土地蜂蝶飞舞；大禹必须警惕蚁穴在大堤上的活动,当然,大堤本身不能存在类似渎职这样的偷工减料;最后,他清醒地动员青草、庄稼和树木呵护好每一寸土地,不让泥土轻易增加水的重量,并且,他说:水清兮,濯人间品格。
好的策略是让一条河顺畅地流动。
大禹治水后的结果是,五谷丰登,国泰民安。

2016.9.2凌晨 山西运城大禹渡

一堵老墙

阳光从十二点钟的方向照下来。

最伟大的光明通常都是直截了当，它是我们这个时代的观察者。它应该不是为了地面阴暗而来，它的光显著了我面前的一堵老墙，不同年代的风所留下的痕迹，使我发现了岁月的一张老脸。

深刻的现实主义一定让大量的理想在此停顿，一些勇士借着烈酒，以头颅撞墙。历史因此存在许多感人的勇敢，风的声音从墙上呼啸而过，后面的岁月到了墙的那一边。

我知道墙是土砌的，每一个生长季总有几株草摇摆在墙头。它们作为土地的内容似乎不需要理由，我看着它们，同时想到经验里的那些人上人，他们最终只是往事中的一把胡须。

门槛似乎低下来，但事情开始难做，因为墙头永远长不出松树。我想在墙上写下标语：未来万岁？

是的，只有未来才能让这堵墙越来越老。

一些土被风化，一些土成为蝼蚁的家。我相信时间会疏远它，但时间也会抹去英雄留在墙上的掌印。
老墙在光明下一览无遗。
让它沧桑，未来继续万岁。
多年以后，一堵墙和我们的出路，不过是陈旧的辩证法，命题严肃，时间向前。

2016.6.4晨

清明，想到故乡的先人

死了就不再见我？
你们把一片稻田留下，丰收了就是离开的理由？
我捡着稻香，但是不原谅人间现在的味道，我喜欢让人间最初的烟火在上面，可是你们却走远。
我想念清明里的人，清明边上的小河一片天真。它以为装着我的童年就理直气壮，它以为帮助你们或者我们省略社会上叹息就足够？
我告诉你们，我从来不怕社会。
社会里的爱，社会里的人心阴暗，社会里的放弃，我都知道，如果你们让一条小河流走岁月，我不宽恕。
我宽恕的是庄稼不断出现，而炊烟继续升起。
你们是我童年的面孔，故乡简单，它不能让我丢下你们的笑容，皱纹里深刻的忍耐围绕着故乡的重。
后来的一切与我有关。
我走了太远，越过古代的烽火和城池。
城池里的爱恨情仇依然活跃在今天，但是，我尊重乡音，像记住你们。
你们是我故乡的先人，乳名粘着泥土，仿佛黄瓜蘸着酱。可是我把乳名丢了，丢在千里之外。连乡音也已经杂交，你们还能相信我的忠诚？

我是一个不相信坟墓的人，它们装不下我乡下的祖先，我在远处看风筝，你们没死，你们是风筝的线。

故乡，你是我北方的南方，我给桂花浇水，秋天月会圆，先人，你们是月下的往事。清明之外的日子，我经历着动力和压力，一直在忍耐中奋斗，原谅我，一年里只在这一天因为故乡而想起你们。

2016.4.4凌晨

钟 声
——观戴卫同名画

如果一条路的前方是深渊，谁去提醒路上的行人？

勇敢的人把预言画成历史的轮回，贵胄和草民一起因为革命而迷茫。

智慧的人想到钟，一切的细节只是时间的日常。浪漫的人遇到了黄昏，做梦的人被黎明叫醒，自以为是的人一旦下岗，他们害怕见到过街老鼠。

我是生活在童话里的人。

希望提前听到钟声，报告着现实的处境。路越走越宽多么美好，灾难可以重复，但我总能避免。

麦穗与蝗虫握手，伤疤与痛和解。世事难料的阶段，谁是敲钟的人？

钟的形状服从需要。有人说它是口号，有人说是平安无事的歌；有人说它像凤梨，有人说它是被设计好的三百六十度的圆；有人说它会演讲，也有人说它一般只会沉默。

我是相信童话的人。

我想把人的头颅画成钟，把眼神画出声音。

我把人的心跳画成历史的细节，喜剧时忧患，悲剧时坚强。当事物温柔，钟声说出最后的真话。

我愿和画家彻夜长谈，画钟声先画心跳，画人民就画他们的脸。敲钟，敲一下为了活着，再敲，为了不被委屈。

钟声第三次响起时，意味良心、权利和斗争。

2016.1.18凌晨

存在与虚无

风认真一吹,我们就不必一脸雾霾。

实在的东西留在原地,虚无属于飘移。这样的定义并不准确,因为你站着,梦想飞向四面八方。

即使,天空遣来雨水做说客,我也要说:梦想是风吹不走的坚定。

我在冬天即将过去的南方,看阳光晒着一片树叶的正面。叶子的背面确实永远翻不了身,它待在光芒的下面,承认世界真的有一面被光明呵护。

失恋的人也不能怀疑爱情的存在。

因为一片叶子不能推翻一棵树的要求。

所以,存在不是一个点上的世界观。它有正反两面,它是原地厮守和西出阳关的辩证法。是南方与北方的和解,是爱时刻准备着失去爱。

如果你想坚强,是失去了爱依然不做一位向仇恨报到的人。

冷静的人不急于说出虚无。

你要经历热爱然后被背叛,你要感受从光明被抛向黑暗,你从一片棉田的主人成为冰川上的陌客,你从真理的裁判者被流放到有口难辩。

心上人在我的身旁,心上人又在远方。

我因此不说爱是虚无。

我只说真实。

真实很短,虚无很长。

不卑鄙,不高尚,只是风吹走雾霾时,存在里发出一声惆怅。

2016.3.12凌晨 深圳

夜运河素描

说话间，运河就流到长江以南。

航道如初，橹变成马达。速度这样的词语让我一想起来就会无眠。

一艘一艘的船轰隆隆地反证着夜晚的安静，沙石怎么也运不完，粮食从田野运到粮店，经过出售，一部分人就会温饱。

我爱运河的水胜过奔波的船。

怀念桨声的时候想到挖河的人，他们早已被河底的泥土覆盖。我尽可能地多想想幸福的事，泥土上长出今天的稻谷，而且，隋朝远去，我不是挖河的人。

乘风破浪的是时间，在江南夜宿，我是这条古老运河的邻居。夜色中船灯闪烁，运河水只是默默地承担着责任？

我给有责任的水画素描，画夜，不忘记同时画下两边的岸。欲望无边的人,让他们在遥远处忏悔。哪一条船从隋朝行驶到今天?

2016.10.6凌晨 吴江运河畔

天空在上，我们一起痛饮

——观戴卫画《酒魂》

一

麦芒肩扛着阳光，而麦粒成为酒的结构；
高粱擎起火炬，它们表达酒的态度；
青稞生长在高原哟，请大家记住酒的海拔。
自由安静的泉水，它流出大山深处的爱情，任
何一种爱，如果山是它的根，它就坚定，它就
深沉。它收起全部的故事，然后，走进酒。

二

小算盘打出来的小文章，谁是闷酒的主角？
世界感染了我，它或者光荣，或者阴暗，它感
染了我，我要对它有所表示。
我用哲学换下小算盘，用四面八方的宽广覆

盖小文章。

酒应该这样喝。精神站在麦芒上,麦子站在田野。第一杯:荡去胸中浊气;第二杯:血液仿佛泉水那样纯净;第三杯:奉献含蓄在心底的豪迈,准备原谅一切伤悲。接下来的几杯,装进马背上的皮囊壶内,马蹄声急,壶内不能是水,天空在上,酒魂是草原上飞翔的鹰。

三

不借酒浇愁。

不发酒疯。
酒后，话也不能多。
只是，酒后，如果胆壮，那也是因为本来就琴心剑胆。
你看，风吹拂竹海，伙伴们围酒而坐，世界开始贤达；
你看，市井人声鼎沸，管他什么囤积居奇，管他什么待价而沽，左手摇扇，右手把酒。酒喝干，然后长啸，吼来人间太平。当硕鼠成为粮仓的主角，我们喝酒。庄稼会在四野迅速茁壮，大地是伟大的粮仓。
满腹心事演绎成头顶的乌云，一杯酒一阵风，酒魂高高在上。
当太阳如火，你的心依旧潮湿？

四

恨省略。
爱不要多，足够我一生的需要。
多余的爱留给一场宿醉，醒来，正是人间四月天。
看鲜花开满眼前，听鸟群报告着春天。酒后目光迷蒙，乌鸦还是喜鹊，它们都是春天里的好鸟。
播种结束后，一江新酒将在秋天浓郁。夏天，我们一起流汗，时光流逝，天空在上，到了喝酒的环境，无忧，我们都是英雄。

2017.4.2凌晨

就让竹林美妙如坟冢
——观戴卫画《新竹林七贤》

渐次长出的竹笋，如一撮一撮的泥土。

聪明的人输给了现实里的细节，个人的版图里，谁是懂你的人？

想到竹子长满山坡，我们一起把快乐的时光就埋葬在这里。

你的故事是一曲竹枝词，我的传奇是一阵风。功名不过是一坛浊酒，饮尽，不醉在城池，夜半的月色正好，我们就在这里卧眠。

好山好水好竹林。

谁也不说人生如梦，你不说友谊虚假，我不说爱的味道。他如果心怀鬼胎，就让他从此和别人往死里斗。竹叶沙沙，人世间的杂音怎能谱成寥廓下的梵音？

我是竹林七贤故事后来的阅读者，他们遗世独立，没能给世间删除阴谋与功利，留下的也许只是多了一声叹息。我一厢情愿地把那片竹林比喻成美妙的坟冢，其实，竹林的主人不是他们。一千多年后的清明，我把酒洒在竹叶上，如露珠，怀念的心总会得到一些晶莹的回报，竹林如冢，里面只埋葬自由的精神。长相忆啊，我一步一步地行走，期待遥远的精神也能食一下人间烟火。

当墨香被文字的内容污染,当独自的旅行遭遇山寇,当你全部的意义只是完成被使用,你有一片属于自己的竹林?如果你真的在竹林深处

长睡不醒,你会把怎样的梦,留给竹林外面的世界?

2017年清明节凌晨

黑暗的重量压垮了无数历史的蜡烛，相信一轮弯月如轻舟的人，会随船出海。苦海有岸，彼岸的那棵桂花树，开在月圆。

——《创可贴》第六贴

第二辑
在现实中记住温度

创可贴
——步徐俊国诗句

引 子

我在不同的时间问不同的兄弟姐妹,如果只有一片创可贴,你贴哪里?

我在太阳升起的时候问,在黄昏里问;在大雪平均了一切时间,在树木落去了叶的晚秋和鲜花刚刚开放的春天时间;在仿佛故乡的村庄问,在人群熙攘的城市问;我问在高山,问在平原,问在心脏问在边陲;我以朴素的口气问,以繁荣景象里是否惆怅的方式问。

问爱问温暖问恨问寒冷。

"贴脚,磨出水泡后的伤口。我还有很长的路要走。"

"贴手掌,我握了带刺的友谊。"

"贴哪里?我似乎体无完肤。"

"贴我童年的那座山,它已经有了疤痕。"

"贴水,贴水里的鱼。"

"贴爱情,贴被功利伤害的部分。"

"我想一下,觉得应该贴社会上的懒惰。"

"我很健康,创可贴?你留着自己贴吧。"

"贴近处的陷阱,其实就是贴我现在的迷茫。"

"贴人心。"

"贴希望,假如再不贴,希望会溃烂。"

"贴勇气,因为我想来想去,目前还需要战斗。"

创可贴,你是我忠诚的医生。

把小伤口治好,我要健康地热爱一切。

第一贴:"风吹睫毛,心有悲伤"①

空气站在睫毛上。

我知道是风表达它的存在,风还携带它的同伴,比如飘絮和尘埃。

目光恍惚,远方模糊。

我的心中充满了爱,远方和近处,我一生坚定不移。风是泪水的借口,心中的悲伤不是我心的选择。我的心跳动有致,心律正常。人间美好时,激动。人间有遗憾它会不由自主地急促,心的质地属于原始,技术无法改装,一些诱惑虽然力量强大,但我的心守着本分。

它观察着别的心,检讨自己。

一些心色彩灰暗,一些心过于狂野。风吹过,泪水竟然无法避免。

影响心地的究竟是什么?

我用心地走在生命的路上,让一颗心不去伤害另一颗。目光打量着世界,关键在于目光要容纳一切。睫毛合拢时,影像留在心中。

那些不完善的是一种力量。

目光的勇敢在于即使心有悲伤,它还要认真观察。观察植物的自然生长和人类文明的规矩,如果现实真的让人心痛,创可贴,第一贴就贴心。

目光睡着了,睫毛是温柔的邻居。

---

① 每一贴引号内文字为徐俊国诗句,下同。

第二贴:"咖啡里有乌托邦,又甜又苦"

这一贴,治疗理想过度。

山坡上慢跑的白色羊群,它们不是天空的白云。

它们吃正确的草,留下狼毒花。

它们总是低头,与土地的关系首先在于温饱自己。

谁能想到我是七月里站在草原的人?羊群在我身旁,我却仰头望天。雨水发挥正常,干净的天空,仿佛乌托邦式的蓝。

忘却一次爱,就能接近咖啡的味道了。

拒绝一切恨,就能战胜咖啡的苦了。

以忘却的方式拒绝,你便可以乌托邦了。

我经常给沙漠虚拟一场雨,给现实一扇理想的窗,也会给卑鄙的人一次高尚的权利。

乌托邦是我个人的秘密。

精力涣散时,人群在建筑之外,我临窗独坐,一杯咖啡给予我一个下午的乌托邦时光。知道人生是苦的,不用苦去对抗。咖啡里的甜也许就是一种能力?

数典忘祖的事不断发生,握着亲人的手去呼唤敌人的拳头,你是谁?

创可贴,第二贴贴给现实的恐惧。

一杯清茶过于古典,它无法解决我们精神的现代性。我想给这一贴取个名字:乌托邦。其实就是一杯咖啡。问题是苦,不倒下是甜,喝下去就意味着让早上升起的太阳给了你一生的希望。

第三贴:"我想解放自己,骑着蜗牛去流浪"

事情在迫切时出了问题。

大雪覆盖住麦苗,麦穗出现之前,要慢慢地忍受冬天。先锋者希望冬天在麦芒上舞蹈,时光真的就能漫卷春风?

放弃一匹骏马,答案留给一只蜗牛。

最后的速度以慢来定义。

当气喘吁吁伤害了我们的从容,蜗牛最美。

机会主义者羞愧的那一天,劳动者将取得胜利。

在热烈的夏天,蜗牛的壳被阳光镀亮。

它驮着自己的宫殿,向未来行走。舌吻泥土,那是它远行的足。

就让流浪解放崇高的理想。

每一寸土地的味道是否应该用一生来感受?

土地开花,世界如画;土地丰收,最险恶的人也不能让生命饥饿。

我研究一下世界,队列最前方的人设计了陷阱与暴力,后面的人手拿创可贴,这一贴,贴给受伤的态度?

蜗牛是天生的哲学家。一秒一万年,心急如焚的人腐朽了,它刚活到黄金的年纪。

生命一直青春,在抵达目的地之前,谁是流浪自由的人?

第四贴："满树繁花，多像一次隆重的告别"

全部的寒冷，只放在我自己的骨内。
待你离开，我必赠你满树繁花。
而羌笛吹响在边关，所以一棵开花的树怎能成为我与你道别时的场景？
热闹和冷清，聚散应该默默进行。
树自己开花，下面它将告别自己的花季。
季节变化了，我们如何准备？
比如果实，我曾经看一树樱桃，阳光下红红的小灯笼，星星点亮人间，甘甜被触摸。
两只喜鹊雀跃，三只乌鸦俯冲。
一切发生在花期之后。
我时常论证为何乌鸦会比喜鹊多一只，在满树繁花的局面里，我们要警惕什么？
比如大海。我的广阔的热带海洋。
珊瑚走出沉船的往事，它们在水的深处开花。洁白或者嫣红，它们在自己的领地绽放，海浪虽然在头顶摇晃，它们绽放，表达着与世无争的活法。
我发现海盗船的时候，船桅上的旗帜已经清晰：溃烂的膏药趴在被星条污损的布匹上。
珊瑚的主人，海水告别平静。
来吧，到我这里来。
我把这一片创可贴贴在被巨浪拍伤的礁石的额头，与其口吐白沫地呢喃，不如康复勇士的铮铮铁骨。
花开花落，我们说了算。
一场隆重的告别，水面没有了海盗。
主人，骨头是否真的受伤？
在一树繁花下站立的人，他拒绝假象的虚幻。
花瓣上所有的露珠，必须不能是泪水。

第五贴:"我依赖孤独活着,孤独加倍溺爱我"

灯光撑满了书房的面积。

独立的空间自己是自己的王,当灰尘和欲望干扰了男人的爱情,孤独是一剂良药。

现实的价值与什么有关?

熙熙攘攘的人群征服得了我的意志?

伟大的孤独,都说人心有方向,你如果沉着,孤独最多是个情绪。

我在北方的凌晨,愿意一个人走在朦胧的天空下,热闹清晰,而固执的凝望却是我生命的根。

当虚假的爱情与功利主义相濡以沫,我选择一生被冷落。坚强的理由不多,我相信孤独是力量。

庄稼普遍成熟的时候,沙漠在远方孤独。

雄鹰的翅膀高高在上,它的目光炯炯有神。

草原鼠走进掩体,坚固的工事怎能保护阴暗里的肮脏?

我向银河仰望,地面上的格格不入已经省略,我是我自己的三皇五帝。

路是时间的箭,孤独是弓弦,哲学是拉弓的力量,哪里是人性的靶心?

在孤独中受伤的人,记住这个创可贴。

现世的荣光,吸铁石引力强大,价值观受伤时,这一贴呵护它。

感谢孤独的情有独钟,喧闹可以放弃,我是孤独唯一的孩子。

第六贴:"月亮让黑夜有了皎洁的心"

为了不让夜晚一直黑下去,月亮会定期出来说话。

说寥廓下的苍茫,说旧事依然在不断发生。

月亮上的一棵树,人们创造一个人去砍伐,树不倒,神话似乎一直有效。

谁在闻着桂花寂寞?

月光抽象了人群的具体,千万年,月光也只是一照。照世事更迭,照苦难的重复和人生的不悔。

没有变化的是,月亮是伟大的教育家,她素心不改。手提银河作为教鞭,在夜的黑板上写下光明。

在每一段史实里,总能找到黑夜中醒着的人。

世界睡下了,他们仿佛世界的心跳。

我向他们学习,抓一把月光在手,手心里的山川可以自己掌握?

握命运里那些美好的,然后用拳头征服所有灭绝人性的人。黑夜尽管蔓延,月亮是黑夜的良心。她皎洁,灰尘无法污染。

黑暗的重量压垮了无数历史的蜡烛,相信一轮弯月如轻舟的人,会随船出海。苦海有岸,彼岸的那棵桂花树,开在月圆。

那是人类芬芳的气味啊,这一片创可贴,治疗人类的良心。

第七贴:"春天可以疗伤,每一片绿叶都是创可贴"

伤口其实没有这么多。

如果春天新长出的叶子都是创可贴,世界就真的满目疮痍。

我想分析众人生命的理由。

春天的事物全部是处方,人间意味着病入膏肓?

理由一:为拯救而来;

理由二:其实你什么也实现不了,你只为绝望而来。

在做这样分析的时候,我调暗灯光。

坐在朦胧中,喝酒。

思考春天应该有几个处方就足够。

一个让环境升温。

一个让人民立即播种,为了反感经验中的那些不劳而获。

一个治疗精神委顿,因为春天来了,万物必须欣欣向荣。

非要增加一个,就考虑鄙视牢骚满腹。

绿叶的正面搂紧阳光,我欣赏这样的拥抱。叶子背光的那一面,粘上一些虫卵。它们在绿叶的掩护下,不久会变成幺蛾,它们吃着春天里的绿,然后一边飞舞一边呻吟。

耕耘和汗水是春天的必修课。

虚妄之徒善于批评,他们在霉烂的书房里指责春天。我担心这些面孔会成为春天的伤口,人对于人的伤害,创可贴,该贴在哪里?

第八贴："天蓝得没有皱纹，水清得可以用来哭泣"

用童话里的蓝去要求天空。

一尘不染的高，没有地面上灰尘似的谋略。时间在一定的高度就会静止，它气定神闲的模样就是蓝。皱纹是我们对人间生命的描绘：劳动辛苦的痕迹，绞尽脑汁的后果，英雄和小人共同的总结。

谁在高处高尚？谁在天空的永恒中观察人间？

森林仿佛地球的胡须，秋天稻田金黄，它是地面合理的肤色。而河流继续从高向低地流，土地的皱纹就在这里。具体的时间之水携着泥沙向前，过去的一直被历史计算，人间未来的时间之水还有多少，有人在留意预测？

浪花一闪，一个朝代就逝去。河水曾经集体漫堤，悲伤的高粱眼里喷火，它们记住了一个个多事的秋天。有人写过黄河咆哮，那是皱纹里的大叹息？

赶上一段好岁月，我要努力。

努力如果功败垂成，我就去作画。

把人间当作天堂来画，画一湖水，清澈见底，鱼、蝌蚪和水草和睦相处，所有身处混沌或者正被卑鄙的人，到湖边来。想想世道应该是这个模样，人心遇上这样的湖水，你想哭，眼泪也不能浊。

把天堂画得更加像天堂，为了它永远和人间不同。让它永远英俊，人间的一批人在皱纹之后走远，又一批人会慢慢因为皱纹而成熟。让天空蓝，它是人群的理想，是人群的诘问。

欲望的种子被飞鸟衔着，散落在各地。

这一贴，贴住它。

第九贴："我有一根绳索，还缺一个开关和一盏灯"

开关、电线和灯泡。

它们是三种人。

指挥者、过程的奉献者和看到结果的人。

当指挥者被指挥，电线的状态有两种：被电流热了身体或者电源切断后回到电线本身。

电线的两种状态决定了灯泡的结果：一只发光的灯泡和一只没有发出光的灯泡。

开关和灯泡，一件事的起点和终点。当终点被光明照亮，过程通常默默无闻。我经常在深夜独坐，发现自己真的具有奋身牺牲的精神。不是我手拿一段线，而是我早已决定做一段线。指挥者打算在黑暗中讲故事，他不介意听众的脸，所以灯不亮，故事如果真的到了高潮，指挥者会送来一阵暖流，我身体热热的，灯亮了。

灯光照亮了指挥者的脸庞，胜利的人充满喜悦。

在远处的荒野上跋涉的人，他不知道一盏灯亮起来的秘密。他看到前方的光，不会迷路了。一盏灯会让他感动一生？

其时，我的身体带着电。我选择的人生观就是做一段过程，被别人指挥，光荣属于他人。

暖流经过我体内的时候，我有自己的浪漫：心爱的人拥抱并且陪伴。

电源切断时，我要面临冷清的时光，我说我能够忍耐这一切，因为我的态度没病。

是的，态度，是这一片创可贴的名字。

第十贴:"把落英缤纷的小路卷起来,
回家当床单"

这是我一个人的路,它终于没有被更大的道路收编。

薄雾迷蒙,小路钻进神秘。

一场新雨恰好与新的时期吻合,我脚粘泥土,足印留在路上。我保存着那双鞋子,是为了珍惜鞋底上最初的土。

小路经过花间,它没有停顿。遇到危岩和深壑,它学会妥协,它以迂回的方式向前。

正是这迂回,使我的小路经常绝处逢生。飞沙走石的天气数度出现,暗箭藏在一堵老墙背后,小路只当作时间里的慈祥,它依旧向前。

它从庄稼的种子抵达谷穗的意境,布谷鸟、乌鸦、蛇和高空中的鹰,它们和我一样,都是这条小路的主角。

小路也曾通向大海,海面辽阔,帆是海上的路。

小路上发生过爱和恨,如今,它只与爱结伴而行。

一些景象曾让我无眠:有人在田野挥汗如雨,有人在土地上旷课。

看,庄稼长势不同,真正劳作的人应该最后快乐。

小路记住了它几度方向上的困惑。

将来,我要安静地入眠。

这之前,我要把小路卷起,在我入睡的床上,它是一张信息丰富的床单。世事纷纭,我的小路终于没有误入歧途。

如果歧途变成流行的疾病,这一贴,贴它。

第十一贴:"我爱的那个我,比我更好"

技术性的成功越来越微弱了我的生物性,以前,一双脚就是生命的路程,如今,我竟然可以飞。

我对世界的认识全在我的眼睛里,而且我相信自己的眼睛,岁月悠悠,我看到的或许已经不是真相。

我是一个不能被强迫的人,小时候任性顽皮,在田野的庄稼边上,童年主动地自由。

生活就是生活的答案,后来,我见到了蜘蛛,知道了网。

日常里的同伴,一边结网,一边提防被网住身子。夏日,阳光下的蜻蜓翅是我经历过的最美丽的色彩,而那只蜻蜓误入蛛网,小小的祭品萦绕成我记忆中的悲壮。

五十而知天命,古训演变为老于世故。

七岁那一年,河水淹没了庄稼,我用石头砸它。现在,面对诸多省略感恩的面孔,我小心翼翼地微笑。

我不断提醒自己要坚强,其实是在怀念软弱

也不被欺凌的岁月。

色斑开始在我的右脸出现,我觉得自己老了,因为我开始躲避爱情。

天空是一所大房子,每一座山都是园中的一个石凳,坐下,熙熙攘攘的人群都是邻居。那一个我,更愿意这样去评价人间。

我丢在我里,像蜡烛丢在正午的阳光下。

那个我,才是我本来的模样。

理直气壮的我,不介意任何修辞,只有朴素的批评家才能做我的知音。

经验、智慧、需要、简单的安全。

这些要素越来越成为我沾沾自喜的理由,我在我中失去,还是我在我中沦陷?

其实,我真的愤怒平庸。

我敬天敬地敬整个人类,这片创可贴只贴在我自己的前额,治平庸。

我勇敢地告诉众人:我爱的那个我,比我更好!

第十二贴:"活在朝阳之上"

而太阳一升起,便如正午一样热烈。

我承认这是我病态的作息时间,我逃避了一半的白天的内容。

在喧嚣的都市,我经常怀想独居山谷的时光。

黎明时登山,等到山顶扛起朝阳,我站在山顶。霞光万丈的景象,什么样黑暗的心不被感动?

我专注地热爱红彤彤的光芒,只是为了不被黑暗专制。下面的山谷,有多少事物仍然在匍匐?溪水像往常一样地流,溪畔的一株兰花,在寂寞地温柔。

传说中自然的爱情其实就是事物相安无事,每当我感受人群里有一些心灵高深莫测,我就从山谷爬到山顶。

在山顶之上。

认真观察朝阳,布景先是一层薄雾,然后薄雾散去,天下大白。朝阳升起,如同真相终于大快人心。

黑暗沉沦了太多的心。

一些历史的面孔重复出现在今天，他们紧锁眉头，希望处于下风。
人性的关系被记录成一块磁铁的两个同极，抵牾与排斥。
我不按常理出牌，我用山顶的光明与黑暗握手，突然发现两块磁铁紧紧拥抱。这个发现让我热泪盈眶，生活的写真，绝望与希望的和解。
活着朝阳之上，救我于深渊。
黑暗之心委屈了生命，它需要光明疗伤。
我想给最后的这一片创可贴取名为光明，朝阳那样的光明。贴我心里的黑暗，贴我之外所有那些黑暗的心。

2016.7.3—7.19老风居

有温度的人

一

这个下午,我想以一杯烈酒来对抗我看到叶片从枝头跌落时的冷。装满最后花香和果实的秋天,马上将被冬天带走。留下树木的躯干,事物将素面朝天,迎候冰雪和寒霜的是它们的骨头。

二

现实的血肉如果感受到气候的冷酷,同时冷酷的还有生活中那些遗憾,我喝酒。然后望着窗外高挂在枝头的一群柿子,橘红色的阳光照着同样橘红色的柿子,这种光彩很像我童年时图画课上所喜爱的画面。我怀揣暖色的记忆,一路走过来。
冷落、绝望和善良对面的凶恶,它们是生活的另一种真实。我怀揣暖色的记忆,我因此不怕。

三

可是,血肉是敏感的。
血肉会因冷而受伤,因受伤而痛。
我第二次望向披着阳光的柿子,我多么希

望人间从此无痛,尤其是人为的疼痛。但我只能建议:血肉可以本能地冷,如果冬天真的到来,我希望我们的骨头不冷。

四

骨头不冷。
当太阳照耀在别人的天空,我把太阳变成我心脏的模样。太阳在我体内,我收藏了它的全部的光芒,当我讲出不冷的故事,世界,请不要把我误会成虚伪。
我的光芒是一个人的秘密,它不仅让我远离寒冷,而且还提醒我生命在跳动。

五

我想重复的是,冷是生命的真实,它不狰狞,因为我心中无鬼。
我是一个有温度的人,不是蛇,它们冷血,而且毒汁在舌头上,在牙齿间。
虽然,我有仇恨的勇气和决斗的血性,但我终于说服自己在温度里只保留爱。
一个有温度的人,可以继续寻常,他守护着自己的体温,不寒不热,他希望信仰被再次发现,而在此之前,他牢记人类平均的温度。

2014.11.2

我向往光芒的思想

一

那么多有用的和无用的文字也没能用尽这个国家的墨水。黑黑的墨汁在纸面上渲染了夜色的沉重,究竟是怎样的一些力量让我独自忐忑?

最亮的星星在前朝已经坠落,在更加久远的人类天空,也有星星象征地闪亮。书页枯黄了光泽的生动,新的种子因为新的田野而开始生长。人们依旧弯腰流汗,他们不牧夜,他们睡在夜里,他们不仰望啊,我的寂寞的星光,它们自己安慰自己。没有沉沦的总是最后的光芒。

二

我有一个闪亮的灵魂,它让我长期以来有勇气讲完黑暗里的故事。情节的开头关乎人的善,也关乎人的恶。没有一个真理能够定义什么是最好的开始。

历史庇护实用的建设,一批人诓骗了光明,思想唱着流浪的歌,它仿佛黑暗中的蚯蚓,不长骨头的蚯蚓成为思想不能顶天立地的理由。

机器在起作用,我想找出它的位置。直到我深切地怀念祖先,祖先愧疚地默默无闻,因为他们没有让我世袭什么。对,那决定性的机器就在一群世袭的人的怀里。

凌迟的工具不是刀子,而是刀刃上沾满的几千年人们血色的语言。这些语言,冷漠、翻脸不认人。

三

利益如化石,利益如煤炭,利益如水晶和钻石,在我的文化里,利益是温润的玉。圆润在外,方便把玩。

田野上洁白的棉花呀,握在手中是可以出汗的石头。草莽的气息没有了,一个铁锤就一串火星的棱角也没有了。

技巧和修行走进了文明的词典,明哲保身和欲擒故纵从学术上的城府走进千家万户。一个朝代和又一个朝代的修订,利益和时间联姻,它是岁月里合法地纳妾。

那时的女人,如果随意地河东狮吼,就是愚蠢地等待被毁约。

四

那些闪烁光芒的,寂寞,准备好寂寞。夜虽长,众人都已经习惯。以安静以忍耐以睡眠来适应。我想用寂寞去换来孤独的勇气,在生命的纸上,拒绝写下凄凉。此刻的窗外,皂角树枝叶婆娑,每一片树叶都注视着我。我写下的一切必须不能让它们失望,它们的语言是外部世界的声音。

对,在热烈的生活里写下孤独。而热烈的生活,我热爱里面的一切。谁有权利阻止我捧着沾满灰尘的亲人的脸?谁能让我放弃最后的爱人?我用具体的爱忽略深刻的仇恨,我想把它写进人类统一的字典。

尽管独裁者写下的内容全部是关于独裁。至于专制,我的祖先们比我熟悉。

五

弥漫已久的黑暗包括嫉妒和仇恨,它们是米饭中坚硬的沙子。世袭的贪欲与垄断,它们红藻一样地占领伟大而纯净的湖水。

思想,是我在黑暗中对世界的爱情,是我对自己存在的尊重。铁棒和铁棒互相敲击,人类最柔软的情感和彼此的关系,在时光的空旷里,被遗忘。

我呼唤思想的光芒，不是我害怕黑暗，而是我从未放弃人间的光明。

思想是一种良心呢。它启发千万种庄稼和庄稼养活的生命。狂风暴雨我看得见，一些理论的只言片语是又一种力量，广泛存在的生命，其中的一部分留在远处。

思想的意义是我们必须继续地活下去。

六

有一种病叫迷惘，一个地瓜和另一个地瓜，它们直到被收获才能共有出头之日。这之前，互相冷漠，宁愿一起趴在黑暗中，也拒绝握紧另一只兄弟的手。信任的叶片上长满了虫子，在沙漠般的人性世界里，不安和恐惧正尽兴表演。

我知道这不是我热爱的世界应该的模样，我从乌云背后看到永远的蓝天的底色，任何压抑可以是夏日突然而至的暴风雨，雷声刺耳，但我不害怕。我不害怕，因为相信在我之外另有许多同样不惧怕雷声和被暴雨洗礼的人。

因此，能治病的思想是多么重要。

智慧、平等、自由，英雄一样有斗争勇气，鲜花一样有柔情，庄稼般地尊重土地上日常的意义。

黑幕，能遮蔽这样的思想所发出的光芒？

七

在发光之前,思想是蚯蚓,是藕,敢于隐忍在地面之下。环境如何,只是现实的真正存在,思想不叹息、不绝望,它身处深渊,却愿意照亮整个世界。它爱情朴素,恋人亦是寻常事物,它有当英雄的能力,却可以因为万事万物而匍匐一生一世。

我真正担忧的是,思想的光芒因为超越眼前的秩序而被故意忽视。我熟悉这块土地的传统,思想似乎与人间烟火无关,"让那些人走远些,那些疯子!碾死一只跳蚤那样让他们消失"!

随着我对每一个日子里事物演变方式的熟稔,我进而担忧思想者本人的命运。

孤独的人向世界宣布孤独很好。

孤独真的很好么?热热闹闹的市井给予怎样的回报?从已知的经验和未知的预言,我判断新一代的思想者将继续匍匐。思想是浊世的贞洁,贞洁如何浇灭欲火?

这一季的李子熟得发紫,枝头不高。主人说:吃吧,很甜。许多人因此心甘情愿地成为客人,郁金香在万里之外忧郁。

八

我呼唤的思想，有夏日里汗水的气味，有冬天里棉花般的温暖。它既是这些又超越这些，它生长于一切苦难和生命的真实，又始终高高地闪亮在黑暗的广袤中。

它从广泛的人群出发，握优雅的手，握布满厚茧的手。它能够抓住现实，冷静而风趣地讲述未来的故事，祖国的母亲或者祖国的情人，在远方是希望的怀抱是充满慰藉的怀抱。

起作用的思想，隐居是暂时的，叹息是暂时的，它是已经消逝了的去冬的一片雪花，又晶莹成我眼前的一株玉米叶片上的一颗露珠。天远，远不过我的仰望。黑夜可以漫漫，星光却并不含糊。它幽冷，它对着大地吐气如兰。

因为思想的光芒，我不窒息。

我呼唤自由的呼吸，鲜花开满大地呀，思想吐故纳新，顽固和自私被苍蝇一样地拍死。

思想的光芒照亮大地。

2014.6.24凌晨

我这样要求未来

一

把刀涂上一层猪油，允许它亮，然后用油纸含蓄在岁月深处。把箭放在光明里，我们理直气壮地争论，不屑于将它在暗处射出。把成功置放在人心的天平，云暂时以天空的名义抒情，就是不能暗淡了我们的灵魂。一些热的武器，把火和爆炸的激动重新变成泥土。

二

我醉在我国家的南方，无论哪个方向，它只是我历史的过去。语言或者习惯，不重要。这里的麦子我认识，这里的树木是我摇晃它们，因为我是风，是有态度的风。我因此忽视距离，只关心我们改正错误的能力。

时至今日，我们还苦苦不忘狭隘？例如朋党之争，例如以己之心度人，例如落井下石，例如幸灾乐祸。一杯又一杯的酒后，这些错误的主人，我们一起来到房间的外面，拔剑，谁都不为对方负责，如果倒下，让泥土收留我们之间的一个。

三

理由是容易的，一个喷嚏成为真理。谁对谁错？

我有朴素的标准，谁烧了野草，谁就是高高在上。他是敌人，四月的风筝在天空，五月的花却认真地开放在我的心里。他是敌人，他不分真假，不愿意研究真相，只会任凭混浊短视了人类的远方。

四

我这样地要求未来。

要求花百种，要求财富属于劳动的人，要求小人没有老去的理由，要求所有的灵魂不被玷污。当一种现象出现，谁都能公正地发言。

是啊，污泥是难免的。我竟然没有害怕，黑暗中的爱是怎样的力量？坚持成为信心，一只鸟飞走，一只鸟飞来，乌鸦和喜鹊，你选择扮演哪个角色？

五

我在酒后的南方，北斗星在北。

男人不叹息，他忽视过去。虽然记住了往事里的遗憾，但他依然对未来有要求。

他要求爱只是爱，他要求恨只恨应该恨的卑鄙，魔鬼化装成高尚，自私扮演豪迈，我提醒自己不能轻易失去自己。

见鬼吧。

那些用一个又一个冠冕堂皇的形容词粉饰自己龌龊内心的人，你们是祖先也无所谓，你们是大哥也无所谓，你们买下江山也是阴差阳错，我告诉未来我的爱，我爱纯洁，我爱人心无猜，我爱我应该爱的。

我忘记武器，我把心掏给你。你是谁？

六

你是谁？

你是未来的梦吗？你是未来的净土？

你是未来一尘不染的处子？

不重要。

我敢于下地狱，用漂白粉洗净黑暗，洗去对幸福的垄断，洗去人性沦丧的大灾难。
我要求未来。
我要求我有一个光明的未来。
我要求我们一起，不丢下每个人。
除非，你是恶棍。
你是恶棍，我无法拯救。

七

我这样地要求未来。
一个都不能少，一起从起点到终点。
生命的路上，正常的和非正常的理由，我们坚决不离场。不被暗算，不因为算计别人而被击杀，不因为疾病不因为天祸，我们一起从容，因为我们问心无愧。
如果我这样地说未来，这样地对未来提出要求。
你或者你们，我们的未来一致吗？

2015.4.12午夜　泉州

黄昏散曲

一

狂喜的黄昏有一个不沉沦的主题：此刻，太阳没落尽，而几颗星星像是做好了准备，它们已经明亮。

随意地说黄昏与日出对立，肤浅的是说话的人。太阳向上与太阳向下，习惯白天的人们尽管去登山。黄昏时，最安详地行走就是从山头上下来。一步一步地朝着低处走，等到暮鸟再一次飞进枝头，心就恢复平常。

二

我常常以睡懒觉的方式错过清晨。白天重要的一半是我的梦，朝气蓬勃属于恋爱之前的人们，上午，多少期待需要实际的内容，舞台开放，谁的行为热烈，谁就靠近中午的太阳。因为茶是热的，脸的冷可以忽视。人走人留，面孔的深奥还没来得及与人心接头。

而祖先的惯性必须发挥作用，一部分人表达忠诚，一部分人预言夜晚月亮上的皱纹。神话很远，勤奋只能书写纪实，它改变不了什么，我在睡梦中的时候，一些现实的哲学抱着太阳在上升。

三

一切从正午开始。

炽热的太阳行着天道，播种的和收获的，太阳一视同仁。至高无上的道理不偏不倚，左边的和右边的，往事和前程都还有机会。

也就是说，我忽略了光明上升的过程，不离不弃地伴随光明的下降。

我是一个固执的人，从不跟随光明走向光明。我训练自己不被黑暗牵制走进更大的黑暗，而是在黑暗中独立地让双目明亮。

黄昏，多么像白天的封底。这是休憩的大好时刻，有肚量的人会忘却人群里的遗憾，爱情如果没有从容，黄昏是忘记它的机会。

坐下来，在黄昏之后，是梦。

所以，光天化日下的小人得志，一眼就看得分明的丑陋，忘掉它，像忘掉她。

四

黄昏，拧干白天未被蒸发的水分，擦拭夜晚柔软的额头。

一切要干干净净的。

让白天里凶狠的人错过黄昏的慢，他们直接走进噩梦；让白天汗水流得太多的人把夕阳看成一天里最后的玫瑰。主义不离口的人是没有主意的，黄昏的风吹不走他们的口号，白天是他们合理的体制，他们做完了规划，蜜蜂的兵团负责家族的甜。

我朴素的情感要求我把黄昏定义成他们的末日，如果夜晚是他们的坟墓，为何在翌日他们还会不断地醒来？说到埋葬，夜晚埋了坏人也埋了好人。所以，黄昏是中性的，时光无法挽留的话就不必挽留，我就要黄昏，要黄昏茫茫大地上的炊烟和暮归的英雄。

五

黄昏里，我不想深刻。

经过完整的人类奋斗的白天，我渴望黄昏的灿烂无邪。清醒太久的人终于等来睡眠，而日子红红火火的叙事里，因为夜晚即将到来，会有人仰望星空。

黄昏。黄昏。

不允许任何人说残阳如血，我恨的人在之后的夜色中，我看不见；我爱的人在我周围，他们是家，是天和地，是这个冬天我虽然感冒但却在黄昏打出的一个惬意的喷嚏。

那个一直自以为是、一生信奉目的主义的人，因为面临黄昏，我早已发现并且原谅。

黄昏。黄昏。

2015.2.10清晨

爱的时态

一想到爱，我的沉默就变成动词的模样。我怕一味地隐忍，会把男人变成副词。副词似乎可有可无，它们再怎么努力也做不了主语。

过去时主要泊在青春岁月，那个社会阶段纪律很严，但青春痘一直在长。大环境如同化妆品，我的素面是直接的梦，梦不犯罪，它不留证据，它做完一件事，然后，阳光打扫了全部的战场。

过去完成时仿佛一个分号，做过什么或没做过什么全在于一个人的记忆。我发现我很快地忘了过去，这意味着我在特定的阶段似乎什么也没完成。

现在进行的是忍耐，一种力量有形，更多的力量无形，我把斗争的意志含蓄，不作为就不作为吧，我的表现形式是爱我之外的一切，阳光我爱，黑暗我爱，春天我爱，冬天我决不仇恨。

语法像判官，它问我一般的将来，它会失望地找不到判词，因为我的将来更多的是一种决心，决心抛弃一切复杂和阴暗的心理，世界的将来就是我的将来。今天在发生的，将来有的会再进行，有的可能无法重复。如果将来太长，那时正在进行的就由别人去观察吧。

与我有关的将来完成时，是一个句号，它也不由我管。时间的结论不只是让动词安静，我对将来有自己的态度，如何完成活着的动作，语法的全部规则是热爱和信念。我知道，所有的时态里，将来完成时空间最小，一个小小的句号，土地上一个小小的点，静止时是一块石头，飞翔时有的是金雕，有的是蚊蝇。真正的爱是完不成的，正如我爱这个世界，一块石头说了不算。一只鹰和一只苍蝇，它们说了什么，也同样不算。

2014.7.2凌晨

引号：夜的对话

"夜+夜，然后，天就亮了。"

"上半夜和下半夜之间呢？子夜也行，凌晨也行。"

"还是凌晨吧，一切都已经睡去，光明悄悄地来近，醒来，只是迟早的事。"

"看不见，听不见。"

"深秋的树叶飘落时，正好赶上夕阳。弧线的优美总结着它们的运动，其实，背后是风。夕阳还来不及说出它的心情，就落山了。"

"这是夜晚前你看见的景象。看不见的是什么？"

"光明之外的事。"

"听不见的呢？"

"谎言孤独了，因为听众都已经睡去。"

"说说上半夜与下半夜。"

"上半夜，一部分内容依旧被白天侵略；下半夜，有一部分已经属于黎明。"

"夜，是好是坏？"

"这个问题如同：人是好是坏，时间是好是坏。我至今仍无法让好人只有好梦，让坏人彻夜难眠。时间是最后的办法，它慈祥，让好的和坏的最后都成为往事。如果它有态度，它让坏的在未来被唾弃，它让好的在未来被怀念。"

"你看，鱼肚白在东方出现。"

"噢，那是光明的象征。有希望，大有希望。我饮酒庆贺，然后放心睡去。"

2014.10.16凌晨

给故乡的答案

每一次回到故乡，就像考生面对考官，想起在外面行走时的节制，我多想大声地说出心中的忐忑。

深秋，从田野里拔出一株花生，果实上带着泥土，这是我写下的第一行答案。故乡，我愿意看到你饱满的收成，至于我，别担心，我是永远不会走失的人。此刻，我是你果实上掸不去的一层泥土，土壤的气息是我不会改变的品质。

在我发小单体球所操持的万亩莲藕园，总是让人赞美的荷花已经不见，作为荷花结果的莲子也已经不见。这一次，我从泥里采出的是藕。之前，它一直在土地深处。故乡，我就是这节懂得忍耐不露声色的藕，愿意在黑暗中坚持，愿意你的夏天有荷花盛开的美丽。这是我写给你的第二行答卷：我是你的藕。

故乡的千言万语里有童年的小河、苇笛、村舍和炊烟，有欢乐和悲伤。我向远方望的时候，看到安静的晚阳。这样的景色很好，谁说残阳如血？黄昏的宁静和我故乡的关系非常和谐，我升起一堆火，随手拔起内涵深刻的花生和快熟透了依然带有青春气息的大豆。我们这些经年在外的人，如果惆怅，就把见过的全部世面放在故乡的火焰里。

我写下的最后的答卷：花生香，大豆香，在故乡的怀抱里，我们香！

2014.10.6

红灯笼

红灯笼表达着吉祥如意，起因是一块红布。红布被内部的灯照亮时，潜心布局的圆陈述岁月静好。

这是一个和平的年代，磨刀石和剑早已分离，人性的一般斑点很难通过宪法来纠正。

我意识到红灯笼也开始修饰生命时，这个风气流行很久。曾经，仁和爱在时光里发酵，甘醇美酒或许不烈，但只需37度便可证明人性。世道里的技术在灯笼里成熟并且发光，久远的人性的内容何时变成一块肥肉？狼何时叼走了它？

而狼竟也不见。

红灯笼如同我酒后布满血丝的双眼，到了岁月的深处，我早已不写爱情，但我依然希望身旁的红灯笼，左边是仁，右边是爱，像我们众人的双目。

红灯笼注视着大地，如此，我们都是有祖先的人，如此，狼在远处，荒漠不在我们的周围，在周围的全是家园，是我们爱到骨髓的家园。

2015.2.11

平安夜

北方的平安夜是冬天的场景,树叶必须落尽才能让一棵树平安,湖面结冰后,水鸟必须飞得远远的才能平安。曾经碧波荡漾的湖水必须在下面含蓄才能不被冷天气冻透。

在风声和隐约的冰裂声中,我竖起衣领,冷天气,我也必须平安。我被寒风吹拂我平安,我把手放在冰面上我平安,我望着喜鹊或者乌鸦站在光秃的树枝上我平安。我跑步暖身说着平安,我把这样天气下寒冷的情形省略,向远方继续说着我很平安。

平安夜的夜色与往常一样辽阔,我看到灯火就理解了平安。看到玻璃窗上的雾气我意识到温暖和平安,透过窗棂,看到熟悉的陌生的人们面带节日里的喜悦,我想进一步祈祷平安。

平安!从对冷天气的态度开始?

2014.12.24晚

我用自己的体温对付冬天的冰

冬天用冰垄断了水，暂时忘记涟漪和它们的鹭鸶，我让自己的牙齿比坚冰更硬，紧咬着季节的冷。

真实的人不避讳偶尔的叹息，想到明年的树叶还会落下，我想劝说所有的树木不要开花和结果，直接就是骨头般的躯干。如果世界让事物在冬天封口，我就望向天空，至少目前还没有什么力量绑架走太阳。啊，太阳，你是冬天的对手，是我永远的坚定。

这样想的时候，我用刀子撬开冰，一块冰就握在掌心。我的温度不高，但是足以融它成水。我就是如此对付冬天的冰，热血是体内的河流，水鸟、小鱼或者蝌蚪，它们自由地游。一切的冷，都是纸老虎。

恍惚是瞬间的，温度是永恒的。

2014.12.5夜

冰之夜

给鹭鸶一杯烈酒，它们能够御寒么？

冰之冷，波浪知道。统一的冰好似一层胶布，贴住水的伤痕还是堵住水的口？自由而无求的水，是上等的哲学，它说善，人们就温柔；它说智慧，人们就怀念智者；它如果叙述历史，一些船乘风破浪，另一些船在深处叹息。它无法干涉山头上的是非，偶尔会让家族里的雪莲讲授圣洁，当无功而返时，它会让高处的兄弟用大雪覆盖。雪峰上的鹰是哪个朝代的王？人间的蛇蝎它只需一个俯冲就消灭殆尽，而土地内部的黑暗，它好久以前就发明了地狱，骄横无道的人难道还有别的目的地？

一想到温暖在别处，丹顶鹤就思念爱情。

它们会飞呀，冰雪专制的时候，它们的翅膀是伟大的自由。

冰是水的遗憾，人情的恐惧在于丢掉了每个人的体温。修辞成为化妆品，一些人成为鼠目寸光，一些人张着血盆大口，一些人找到了蔑视素面朝天者的理由，香水变成人类的异味。

他者的冷是我的暖？

冰的夜使得风声都变脆，容易折断的还有什么？

我们没有鹭鸶和丹顶鹤的翅膀，我们待在原地，我们把枯枝败叶聚拢，燃烧，创造温度或者相信温暖？

2015.1.14凌晨

上下为难时我就发呆

阳光漫过湖岸时,涟漪里传出古典的声音。岸边的湖心亭倒映在水中,一只白鹭在那里飞起。

只有涟漪才能让光明变成波浪,此刻听到光的旋律让一个男人远离叹息。

下面的东西太多,有的是被埋葬,有的是适合黑暗深处的生长。冷的如冰,也有比冰还顽固的冷漠;热的如火,液体状态的火,压抑久了,会喷发成怪物,或者起伏无定,如同潜规则那般不守本分。

如果说起上面,可联想的事物就不仅仅是天籁之音。常常有人召唤,比如主义和真理。君临天下和差遣众生亦与上面有关,而一时云一时雨,一阵风一阵雷和鼓舞人心的光明同时属于上面的天。如果不想一味地做俯首帖耳的把根草,我就看看五月末的田野,麦子长成良好的芒,麦浪舒缓,八哥在半空发布收获季节的讯息。

不上不下的状态经常出现,义愤填膺与慷慨激昂都只是表面的力量,我温柔地发呆,不是麻木,时间打一下盹又有何妨?幸福的灾难是遇到更大的幸福,它怎么会丢给苦痛?做一只小蜡烛,亮在阳光下如同点亮曾经的夜晚。

         2013.7.1凌晨

如果累

在此之前,我一直不知道这个字的含义。

树叶在枝头站久了,输给了秋天的微风。世界的爱情因为充满灰尘而让我们从此失去远方,近处的光芒,被制度关进一间小屋,星星在外边叹息。

你无法想象星星在夜深时的声音,它们想照亮每一个角落,角落以害羞的名义拒绝。黑暗对于真实的世界裸露全部的诱惑,比如丰满的桃子和伟大的购买力。

走着走着就累了。

发现有人只管自己清醒自己的路,任何人与他同行,只能做他的臣仆。他发明理由,打倒许多更加功利的人。而我只顾望着天空,想在那里寻找真正的纯净。我永远相信主义在人间,正如相信真理在天上。神仙太远,凡夫俗子是我的亲人,忍受一切的委屈以便证明自己的勇气,你做到了没有?

权利被剥夺后,心情沉重。

借口开始多,无事不得生非,我不作为就不作为。

空白就是这样形成,我们劳动的过程开始变得困难。一些人依旧高高在上,他吃着专政的俸禄,目中无人。我平静地说着《山海经》,他其实什么也不是,如果他是书里的一页,那也是我翻过去就要撕去的那一页。

匍匐是累的,沉默是累的,平凡和朴素是累的。

力量不在你这里,我宁愿手无缚鸡之力,我无为还不行吗?时光辽阔,它能够解开所有的镣铐,那时我在天地之间舞蹈,长啸,英雄般地忘记曾经的苦闷。

如果累,在山下看山。看山顶的人下来,看头顶的雾霭散去,看祖传的权威委弃于古老的泥土。

如果累,就去杜撰一次爱情,爱一个从未见面的人,爱物理上永远无法走近的地点,爱敌人所恨的,相信宿命的对决,抓住对美好事物热爱的理由,一生不气馁。

如果累,累在星光下。阳光热烈,但也残酷,你必须永远不披露自己的脆弱。我们比较彼此的坚定,你是谁?我是谁?

未来的雨水后,留下的就是最后的。

2015.6.25凌晨

告别山头主义

兄弟们、姐妹们,看,一个个小小的山头宛如一扇朱漆大门上的乳钉,它们把持着虚妄之门。

小山头当然是大好河山的一个小小的比例,对于上面的小草、蝼蚁、山鸟和树木,它几乎是它们一生的祖国。

小山头有泉水和活命的木耳,山大王分配各自的所需。剩下的全部归他所有,别人的俯首听命几乎成为他全部的学问,他以无视的方式拒绝蓝天和大海,广袤的原野一直是他批判的内容。

我深刻地厌恶奴性,每一个小山头仿佛童年踢开的土块,我有自己的歌谣,不会稀罕区区山头上的营养,我不会失去尊严地忠诚于它,而背叛山河的辽阔。

至于朱漆大门,它只是腐朽的往事。

至于每一个乳钉,你守卫的正是我不屑的。

我相信骨头是生命的力量,与骨头同在的是意志的坚强。我早就了解一座小山头上的尊严,它怎么能够囚禁八千里的天地与日月?

兄弟们、姐妹们,你们无法想象我内心的谦虚与理智,正如你们无法想象我心灵的博大和顽强。

当我不在乎时,山头主义只是它自己的镣铐。

多年以后,山大王会孤独地死去,一堆乱石总结了他。那时,主义是一本被遗弃的破书,寒风吹响——在荒无人烟的山脚。

2015.7.10凌晨

尊重玉米

初秋的雨水冷静了昨日的夏天,一些人的拜金主义让我想起短暂的冰。它曾经封住水的嘴,真实的声音在深处哽咽,地面上的繁华似乎诱惑我去误判。

是在这个时候,我看到玉米。

我承认让我认真对待的事物不少,当我坐在后院的石头上感谢时光的安静,我发现玉米棒上的胡须由红变紫。一袭青葱的长衫从古典的含蓄开始占领我的一亩三分地,它要代表玉米发言。

其实,我是如此尊重大地上每一个平凡的细节,玉米穗刚探出头时的腼腆,挂着夏天的风走过季节的阴晴。炎热的空中一阵阵蝉鸣比玉米更高,我真的厌恶这些复杂的喧闹,它掩盖苍白的势利,如同讲台上教授的虚伪。

我尊重一个玉米棒缘于简单的发现。所有的玉米粒整齐排列,如同纪律严明的军人,它们服从大局,压制着任意一个成员的虚荣。说起荣誉,与集体分享。这就是玉米,牙关紧咬,克服青虫的齿食,创新的丰收属于兄弟。若是遭遇黑斑病或者形势的萎缩,它有核心的棒子,责任留下,错误在我。

我对玉米的感动就这么简单。

第一定律献给阳光,第二定律给予土地。它是第三,谦恭地站在兄弟的身后,不是因为躲避人间的暗箭,而是逊让成功的辉煌。

玉米比我的兄长好。

好玉米啊,我热爱每一寸土地就像热爱整个山河。

2015.7.17凌晨

公正地评价一块石头

对一块石头要有公正的评价。

阳光下或者细雨中,风吹它不动,它面无表情地沉默,是因为它不会巧舌如簧。它的态度就是坚硬,不和稀泥,不狗尾乞怜。高度不是它们之间的地位的差异,在山顶上它是一块石头,在山脚它也是一块石头,不似我们的人类社会,一些人高成了人上人,另一些人活得只能卑微。

公正地评价一块石头,原则要科学:不能要求它长出鲜花和稻谷,不能把它放在车水马龙的道路中间。不能把它放在粪坑,这样会损害一块石头的尊严。

它是土地上那硬的部分,行人如果身陷泥潭,也不会对整个土地绝望。它是我们人群的身上正日益失去的那种坚强。

一块石头因为没有欲望,它全身都能不软。

繁华或者荒芜的大地上,我学着去尊重一块石头。

2015.7.21晚

嘹 亮

如果你再让我难受,土地就会死在我体内。

——题记

一

魔幻的城垣无法抵抗时间。

它是自己的宫殿,主人孤独,兄弟们走远。

而主人也属于往事时,废墟成为现实的教材。多少声音被压制,多少声音根本就没有机会大声讲出,那些宣诏似的公开话语如果被时间作废,唯唯诺诺的档案里泊着多少委屈?

我戳穿了一个虚软的神话。

牙齿咬着空气,咬出青铜的质地。

二

嘶哑一定是病态的磁性。

说沧桑把喉咙说哑,谁是最后的说服者?

听众们遵守纪律,因为他们不能恨,一恨就会迷失在情绪里;听众们遵守规则,因为他们不能多爱,即使有过错,也不能不高尚。

影子亲切,它们是随时告密的兄弟。

小声地在无人处表达,夏末,蛙声伴奏。

沉默是金的古训伤害了星星的光芒,黑暗里的酒鬼,年少时曾立志做一名英雄。他善待每一个人,

每一个地方的方言只是每一个乡亲说话的习惯。他研究蚯蚓在黑暗里的贡献,发现蚯蚓在泥土深处工作只是一种本能。荣誉的体制内,被鼓励的声音通常是集体沉默。

三

我有一颗理想主义的心。

我收集各种地形,把它们和我后天学到的知识进行对号。

起伏,凸起的山峦是我热爱的。像祖先的光荣,它是我一直炫耀的;

沦陷,山谷或者深渊是我的警惕和自律。文化的奥秘始终不声不响,所有的都可以来,走不出去就变成四季的轮回。默默地驯化身体里的野,接受现实主义的契约,语言的凌迟说来就来,她怀疑一切的关系。

退休了,应该安静。

我们的祖制气势恢宏,未来的年轻人,麦克

风不在你们面前，新鲜的话语在喉管郁结，男人的第二性征出现，不要轻易谈真理，做好孙子，直到皱纹里饱含岁月。

这时，悄悄话已经没有必要。

你不嘹亮，就会死。

四

必须感谢阳光。

高粱在秋天嘹亮，阳光明媚了它们的态度。

此前，我误会了向日葵。

它们渴望太阳的光芒消灭黑暗，它们头颅的方向就是决心的嘹亮。

总是遗憾地忍耐乌云，等到夏季过去，我不能再错过高粱。红红的高粱呼唤阳光，在北方的大地。

一个个火炬证明土地的性格，土地，把一切爱与恨都收容。荒诞的剧目如同冰雹和寒流，窗帘的化妆怎能遮住庙宇的呼唤？

你能做一点小事，但不能有权对规律背叛。

你欺师灭祖，你就不配做我的兄弟。

必须感谢阳光。

向日葵嘹亮，高粱嘹亮，我们的声音嘹亮。

五

喧闹的环境一直是现实主义的要求。

我检讨自己的虚弱，我无法摆脱每天宿命的结局。

我勇士般地存在，我寻找真理而忘记具体的生命。我看到许多力量，我是茧。

不愿轻易破，似乎永远想不出为什么而破。

自由是形而上的，面包是具体的。父亲是具体的，丈夫是具体的，儿子是永远的具体，我在心里演习大声地发言。说出真相，说出永恒。为爱死一次，为恨而不死，为江山而活，为人是人而热爱都市的拥挤与排斥。

我亲爱的亲人，斗争嘹亮，浪漫嘹亮，错误嘹亮，发展嘹亮，集体嘹亮，个人也嘹亮。

于是，耳语是错的，叛徒是错的，挂羊头卖狗肉是错的，不作为是错的，蛮干是错的，结党营私是错的，沉默的应该是这些。

我把我嘹亮起来是对的。

我的同胞，明天白天阳光大好，我们一起嘹亮是正确的。

2015.8.11凌晨

子　夜

空气里没有我的态度。
呼吸里有。我关心呼吸如同关心人们的整体命运，急促或者舒缓，一定是截然不同的存在方式。
子夜，大部分灯光已经投宿在客栈，而旅人的寂寞里存在着亲人的期待。
我在子夜踱步，空气丰富，一个国家的核心价值观似乎与太阳的方向一致。许多人脾气暴躁，他们没有从空气里听出亲人的呼吸。
不共命运，不同呼吸。
什么样的人吐气如兰？什么样的人口气污秽？
一切的不喜欢，深刻着顿悟。
感谢实践，它提携真理。伪装的面孔也认真读书，它们阅读的模样极似蠹虫，把文章啃掉，试图愚昧别人。
我的文章写给空气。
空气在山河里，谁也不能忽视谁。子夜是最好的时刻，一切安静，而我任意豪迈。
豪迈给予看不见的微小，扬眉吐气的抱负与自以为是者较量，最后的呼吸属于慈祥的星星。它们是子夜的歌，歌词关于人间的自觉。
忘记孤独，更好地呼吸子夜的全部。
阴险的人，你在干吗？
这是我的子夜。我的子夜，不考虑它和你的关系。

2015.10.4凌晨

鲲　鹏

前途演变成一双翅膀。

当天空收藏了星星的呼吸，夜真的已经很深。

地面上的情况已存在多年，河床上升，淤泥积累了经验。夏天的形势包括了暴雨，洪水是否能够被拒绝？

天空是我的整个前途，它不能交给苍蝇和蚊虫。

蚊蝇聚焦，如同秘书们在开会。险峻的峰峦它们无法飞越，而人间的冬天它们只是负不了责任的尸体。天空怎么能给予它们飞翔的权利？

传说中的鲲鹏，你何时走进现实的真切？

双翅就是未来的世界。一击荡开迷雾，再一击破局腾空。由于飞翔的力量足够大，一切现实的重因此能够拔地而起。土地的队列里，站着高山、丘陵，匍匐着沼泽、沙漠，正直的稻谷此刻遭遇稗草。地形复杂，它影响着人心。

鲲鹏应该出现。

它飞得高，模糊地面上的障碍；它看得远，目光可以抵达天空的边缘。好结果坏结果，一双翅膀就是导师。

鲲鹏飞，让蚊蝇蒙羞。

2016.5.22凌晨

又想到沙漠

写在前面：因为身体不适，医生建议我尽量少饮酒。凌晨，我却再次自斟自饮，男人，怎能不喝酒？尤其当我想到土地上还有大片的地方叫作沙漠。

一

土壤不团结的时候，地面的事物就会非常勉强。严重时，就只剩下一盘散沙和风在对话。风沙的概念不单单是土地开始舞蹈，花和庄稼似乎远去，雨胆怯，河流腼腆，空气继续干燥。

无际的沙漠，你用一支没有墨水的笔在写什么文章？

二

一粒沙子也是一个具体的存在。沙子太多时，我想寻找一个词让它们能够从对方里互相看到自己。仓颉是文字的祖先，他在时光的迷雾里比画着泪水，会流泪的人感情丰富。那么，让感情来为沙漠做做工作。

首先忘记拳头与猜忌，学会拥抱。

两个胸膛贴着，心跳真实。

如果无缘无故地分开，再加上一生永不再见，我们会有泪水？

沙子的错误在于没有意识到抒情的本质原本就是让五湖四海离不开水。

它们各自为政。

它们理由充分。

它们拒绝爱情。

三

一双好鞋，一双好脚。

一条仿佛的路。

如果走在沙漠，脚和鞋的关系因为沙子的漏入渐渐出了问题，然后是每一步和整个路的关系。

沙漠为何没有远方？

一点爱都没有，环境里如何体现拥抱？花是沙漠的稀客，这个国度就没有风景；庄稼离花很远，这个祖国就会人心背离。

而蚯蚓和泥鳅，它们是地下的生命，我看到牛羊成群的和谐一定会同时想起它们。

沙漠，都说人心隔肚皮，你们中是哪一粒沙子最初背叛了土地？

四

感情是湿的。

人性的一切裂痕用温润来弥合。

我把越野车曾经开到沙丘上，没有征服不高的坎坷，后轮深陷，我真正的恐惧不是车子的颠覆，而是沙漠的绝望。

人心是敞开的锅碗瓢盆，在有雨的瞬间接纳雨水，人心湿润，人性就不再干燥。

我在酒后的书房，想这样地打倒沙漠。我从被母亲的关怀里回忆爱，从初恋里记住爱，从爱情的丰富里忘却恨的分崩离析，我们一起行走一公里，如同永恒。我们爱过，我们还要爱，祖先要求我们这样，我们作为祖先继续要求未来。沙漠，你哪怕是暴君，你却找不到一个人心涣散的臣民。

五

五年前，我写过一章散文诗叫《梦想》，我曾经说过：什么时候，沙漠终于长满了玫瑰？干燥与风沙也终于含情脉脉。

现在，我再次重复。

凌晨，想到沙漠，沙漠依然存在。

我简单的梦想是当我下次酒后，我已经忘记沙漠。

人们的情感已经温润，沙漠只是字典里的一个词，人性的潮流浩浩荡荡，人心不背离，人心只热爱。

2015.5.23晨

第三辑
我可以自己暖

握苍茫握辽阔,握世界终于
一视同仁的平等。
————《我歌唱午夜的雪》

我歌唱午夜的雪

我歌唱午夜的雪,它走出湿度、气流和冷。

它落在皇宫玄黄的瓦上,落在夜间魆黑的屋顶。当夜枭扑闪双翅取暖,雪穿过树枝的解构,平均地匍匐在大地。

第一行脚印为拓荒者谱的曲,第二行才是历史里的领袖。后面的足迹属于群众,他们希望雪下得大一些。大雪腼腆了地面上的路线斗争,一切的行走都可以自由。雪如果在午夜降临,生活的内容仿佛梦想。

君子离小人很远,动乱被安静代替。变化留给苍茫,进步也因为雪而屏蔽了弯路。谁此刻醒着,就能围炉而坐,炉火是热的,它粉碎了人性的冷。

有没有思念呢?

我歌唱午夜的雪,距离考验人间的情怀,你看不见我时就看雪,我想忘记你的时候就让雪花飘落在我的头顶。雪夜的炉火摇曳,遗忘或者记住,我只需独自在外边走一走,握不住你的手我就去握整个夜晚。握苍茫握辽阔,握世界终于一视同仁的平等。

我的歌无词,漫天的雪花足够。

2016.1.17凌晨

静物：柿子和喜鹊

深秋，枝头的柿子竟然打破了下午的安静。时光预约了喜鹊，生活中的制高点在果实的爆裂声中出现。

谈感情谈到冷漠，谈团结谈到了惶惶不可终日，谈信念直到沙子被风吹起。

在人间如此的背景下，喜鹊的高度由枝头的柿子决定。本能就是这样，蚂蚁在地面爬行，蚯蚓在地下，树叶从高处落下，我们如果非要让它们象征，就坦然地赞成事物各行其是。

不强行干预是为了避免无可奈何的叹息。

谁能够代替柿子避开喜鹊的宿命？

第一场霜甜了果实，喜鹊出击的时候，柿子做好了准备。人心的状况不影响秋天的场景丰富而自主，夏天已是往事，下面的季节关于冷。

在冷和热之间，柿子是喜鹊的主题。柿子不说牺牲，而喜鹊不谈占有。

天高云淡。

对付侵略，柿子应该直接长成手雷。省略外交上的抗议，谁不打招呼就来享受秋天的收获，炸了他！

秋天的天空。柿子树。黑白身子的喜鹊。风里的流霜。

上述的情形仿佛我偶然的舞台布景。

喜鹊飞走，柿子破裂并且干瘪。

气氛似乎依旧平静，美好的下午呀，我叹息还是不叹息？

2015.10.29凌晨

我在黑暗中继续写诗

黑夜说：要宽容。
所有的灯光随后熄灭。
我的孤独需要训练，诗歌比黑暗更加孤独。
蝗虫吃光了苞谷，它们感叹土地的贫穷。黑暗没收了它们的眼睛，我不能为它们写诗。
光明里的人云亦云，我要提防把诗里的抒情用错。哪里的泥土让树木开花，夜莺就应该歌唱。宵小的人在黑暗的远方，他们滥用着光明。他们让你走近，然后无视你，世界如果不倾斜，那是因为你从来不惧怕卑鄙。
我继续写诗的时候，已经不虚荣。
当学问里没有了人的骨头，我不写谄媚；当计谋远离了人性，我不写叹息。
我写黑暗中的原谅，写早就决定好了的坚强。
倘若还要写下去，就给漫无边际的自由写下几条纪律：如果遇到黑暗，即便是天使的翅膀也要首先写下忍耐的诗行。

2015.9.7凌晨

没有月亮的夜晚

不赞美、不惆怅。

夜晚,如果没有了月亮,将黑得彻底。

不去想水一样的光,不想千里之远。共婵娟属于神话,现实主义地在一起,看看天空,微弱的星星足以安慰。

没有了月亮的夜晚,心理阴暗的人无法行走。

所以要心灵发光。

所以要灵魂豁亮。

无边无际的地理的黑,我要感谢。

秋天的树木:挂着果实的、没有果实的,叶子绿的或者已经枯黄的,都只是一团又一团影子。它们证明夜晚的庞大与公平。

我反对那些把仇恨和黑暗等同起来的人。

你恨得咬牙切齿别人也看不见,这样的结果比白天笑里藏刀要好。

何时的月初照何年的人?

失去月亮的天空,慨叹是多余的。

重新思考一下黎明:

早起的人和无眠的人,黎明是你们的。

2015.10.5凌晨

我决定和沙河一道冷

河面飘满了落叶的时候,水还没有安静。
夏天错估了形势,因为秋天已经深入。野鸭们任性的爱正被成熟的芦苇观察,风变凉。
我站在岸上,立场坚定。
我知道自己无法把沙河的环境装修成温暖的夏天,炎热的蝉鸣远去,鹭鸶整装待发。
哪里有温度,它们就飞向哪里。
我决定和沙河一道冷,因为沙河在冬天会结冰,因为我也准备好了理性的忍耐。
惭愧啊,我不能将太阳固定在沙河的上方,沙河是北方的一条河,我是常年居住在河畔的人。
我同意河水的自由是永恒的真理,为此,我怜悯不自由的一切。借助夏天的暴雨,我理解一条河的水位上升,两岸是怎样的规矩?洪水的自由表达应该服从法律,法律在秋天起草,在冬天结冰生效。
我决定和沙河一道冷。
我的温度是坚强的沉默。
水鸟飞走后,我在。河面依旧会结冰,我的血液依旧是热的,一个多情的人,是河畔不败的暖。

2015.10.10凌晨 沙河畔

对 月

凌晨时看月,不把自己喝醉是不行的。不喝最好的酒就感觉不到最好的恍惚,现实中的人,爱和恨都不是欺骗的条件。

因为确实真的有人到达那里,关于月亮的神话少了神秘。蚁居是虚构的,广寒宫是虚构的,如果嫦娥在那里美丽,光阴是虚度的,爱情是残酷的寂寞。所有自以为伟大的人,你们从有变成无,从意气风发变成满脸皱纹,月不变,它冷,与它有关的美人一直孤傲但是拒绝叹息。

到过那里的人写下日记:我看到无边的荒芜。

也就是说,没有宫殿的特权,皇后和妃子没有区别。任何人若想温暖,必须勤奋,汗水是人类的温度,想不劳而获的必死无疑。

对月,一壶好酒是此刻的真理。我最终也不需要什么,欺骗我的人,我让你一步登天,凌晨的天。凌晨的月亮,你去那里吧。你若爱财,那里没有泥土,只有黄金;你若爱名,多年以后,你也许会和嫦娥一样,梦里舒着广袖,后羿的愤怒也阻挡不了你的家喻户晓。

没有温度的光明非常客观,我的眼前不黑,你的脸庞清朗。天亮时,一把火会烧掉往事,黎明是最后的柴火,太阳是火光。

阳光普照大地啊,你若继续欺骗,我会同意把你冷藏,我对月咏怀的时候,会允许你冷若冰霜。

2014.9.7凌晨

想起小草

因为枝头筑有雀巢,世间的许多喜悦就属于树林。

可是我看到蚂蚁的家与草丛有关,而且,我对草莽的记忆太深。烈火烧不尽的草,人生不草率,每个春天都认真生长,生命平凡,但青草拒绝沙漠。

青草有自己的自豪,一朵小红花或者一朵小蓝花随便地开放,整片草原似乎有了爱情。说起朴素和平凡,简单的爱就是生命的全部。

帝王的尊严总与上天的使命牵强,上天离我们的芸芸众生实在太远,具体到我,我努力向小草学习匍匐,地动山摇我可以不动,世事尽可无常,我是世事里最踏实的存在。

有一天,土地上会长出麦子,有一天,土地上会长出高粱。它们是庄稼,它们被收割后,小草是童年的伙伴。

当伟大都老了,黄昏里品茗。满山遍野的小草是最初的记忆,一个有记忆的人,他知道小草是记忆的祖先。

2014.4.6凌晨

湿地的传说

——给D.J兄

十万亩的温润,是因为我眼前这大片的水。它以百分之三的含盐量打破不咸不淡的平衡,它让自己的态度合乎丹顶鹤和白鹭的口味。

一些植物必须在血液里亲近盐,比如海英菜和芦苇,它们大面积生长,一个在秋天火红,一个在入冬前开花。

既然是湿地,这里就不允许风沙四起,不允许人间处处可见的薄情寡义干燥了理想的卧室。丹顶鹤喜欢这里,白鹭喜欢这里。它们的翅膀翻阅了万里人间书卷,十之有九的地方都是乌托邦的世界。当别处的人们也看到密集的鸟儿,放弃五湖四海的背景,来到这座名叫射阳城东部的海滨,他们会和我一样相信它们真的忘却曾经的寒冷、干燥,尤其忘却了弓箭、鸟铳和网,忘却土地因被污染而失去的尊严。

它们在湿地放心地裸睡,因为这里营养充分。它们不担心尖厉的噪音划破梦境,它们不会像地鼠囤积谷物,更不会欺行霸市。它们因重情重义而著名,因而不会轻易移情别恋或者仗势欺鸟,那些都属于人类的惆怅。

去冬的蒲草在芦苇边匍匐,用不了多久它们会再次精神抖擞,七月流火的时节,它们用心地把果实长成鼓槌一样的形状。这些鼓槌把太阳敲打成光芒的空气,十万亩的水波荡漾为空旷的温柔。所有的飞鸟不再好高骛远,它们开始脚踏实地在大地的鼓面舞蹈,它们在朝霞里互相致意,没有都市的傲慢和外省的卑微,它们是这里共同的主人。

各种放不下的牵挂,请不要打扰我在湿地静静地站立。我想站在这里,站到海英菜情绪高涨,站到芦苇慈祥地花白了自己的头发。那时,传说成熟。

那时,人间在别处收获。那时,湿地上的丹顶鹤用长喙写就天下文章。文章的高潮是幸福,一旦幸福真实,传说走远,所有蚯蚓、泥鳅和沙贝在污泥里的忍耐,都是意味深长的热爱。

2014.4.11夜 射阳至响水途中

爱 情
——代代相问

唐代的爱情句子太散,人物纷杂。之前的隋,剧情荒诞。

汉代呢?

内容太重,而人太轻。

那就说说法度最严的大秦。不说,只偷。

战国如何?

爱情与战争。吐气如兰成为梦想,应该只是吐气如硝烟和烽火。

元宋——乱与虚伪;明清——红杏出墙以及实用;后来?后来干脆放开手脚,彩虹的流盼,梨花带雨。

再后来?

专利和卖。

你呢?

往事、平静与关闭的窗子。

想到过南北朝、五代十国和军阀割据那些年代?

活着都如同死,爱情何用?

2016.1.21凌晨

城堡上的女孩

女孩坐在城堡,集市内容尽收眼底。
女孩看着下面的人群,有的出售贝壳,有的出售向日葵,也有的在吆喝着出售骑在城堡上面的阳光,女孩说出售阳光的都是骗子。
一个声音在说:你想出售什么?
女孩第一个冲动想出售未知的世界,在那个世界,她最终将把自己卖给生活。她习惯城堡里一个人向外看,目光随着飞鸟在天空画着弧线。她专注飞鸟,而忘记了整个天空,她不想赶集,因为集市上人声鼎沸,空气中弥漫辛苦的人才散发出的汗味。
女孩坐在城堡,她想做集市的管理者。
那个手拿长鞭正在抽打规则破坏者的人,他维持着集市的秩序。
女孩除了自己是一个女孩,她一无所有,鞭子离她很远。
集市如同往常一样热闹,人们眼里只有货物,城堡上的女孩本来与他们无关。
而且,岁月很快,不流汗的青春已是旧事,皱纹苔状密布,墙砖已被风蚀。

2016.11.3凌晨

握母亲的手，然后喝茶

泡在雨水里的初冬让故乡比往常都冷，所以我把双手捂热，然后握紧母亲的手。

回家就好。

母亲省略的内容其实在批判我一贯的辽阔，她依旧瘦削，皱纹更加深刻。

菱角熟了，母亲说多吃一些，它们像是一张张笑脸，味道还是从前的。你的川字纹让我担心，她说。

一般情况下，我会解释那是我的思想。

母亲是不懂思想的人，她挂在嘴上的话是我的座右铭：吃饱了，但不要撑着。

我对待事物的态度经常让事物发言，认为自己对一切都会有用。

伤害了自己，谁是疼你的人？

母亲接着说，她越来越傻了，玻璃上画着雾，不是不想看外边的世界，而是实在看不清楚了。

她担心的是自己从此无用，而无用属于智慧，只是我一直不甘心。

握母亲的手，想家外的事。

斜雨打湿窗子，一叶芭蕉在雨中哆嗦。

不要再抱着光明跑来跑去了，如果黑暗太多，光明给谁？

把母亲的手捂热，她在温暖之后说起她的幸福。

手不冷，才能去抱重孙儿。

这样的话，很符合我一贯的原则。

我拒绝用冷漠的手握我之外的一切，剥削他人的体温会被追究人性的责任。

母亲抽出手，她说喝茶吧。

她泡出的是一杯龙井，我记得是我上次回家时带来的。一年之后，茶开始遭遇温度，闯荡世界的人，坐下喝茶。

在母亲身边喝茶，三尺空间足够。

2016.11.2凌晨

秋夜独语

我看到一粒粒蓝色的纽扣,子夜,夜空披上纯黑的大衣,蓝纽扣在闪光。
人间中秋刚过,离愁是月光的苍白,多年不说,这次,我同样不说。
我说窗外的蟋蟀,秋事丰富。
我说我夜深时听到的狗吠,它们是城市的流浪者。声音里听不出幸福与否,我仰望天空的时候,不愿简单地把这些声音当作噪音。
生命的动静多么美好。
玉米被收获了,十月,高粱也将要被收获。
秋天的语言要赶在冬天封冻前说完,夏末未及说出的爱情,就让高粱变成酒,酒后再说。
蟋蟀集体说,流浪的狗被集中起来说。
我在中秋之后的子夜,一个人说。
说得夜空解开一粒粒纽扣,胸怀大开。
如果有人说出忧虑或者悲伤,天能够拥抱他们。

2016.9.18凌晨

这一次，我只对渡口情有独钟

伙伴们去了别处看风景，鹳雀楼、关帝庙与普救寺。这个城市惊人的古老，一些事依然存在只是为了人们不能习惯性地忘记。

而我站着大禹渡的最高处，目光渡向远方的中条山和华山。我从河东望向河西，在无数已经逝去的岁月里寻找斗换星移。大河在两山之间缓缓地流动，架起我目光的两条山脉，一左一右，大河流出这块土地最初的名字：中华。

渡口，痕迹斑驳。

正午的阳光下，我绕它三匝。我要三百六十度地观察它，观察它的前后左右，想听它独语，听它透过历朝历代的现象说出藏在心底的本质，不仅听它说热爱和珍惜的，更听它说出被历史的文字忽视的那些内容。它说话的方式先是以神话，然后是部落的方言，接下来说起社会和国家。一条船装不下悲欢离合，更多的船装满了盐，盐是这片土地的特产，也是劳动的味道。这个味道仿佛人民曾经的泪水，大河愤怒的时候，史书里的每一句都凝重如逶迤的昆仑山脉。

大河流啊，一弯又一弯地搂紧更多的土地，渡口在这里继续有效。

经过白天和上半夜的喧闹之后，在下半夜，我想给渡口所在的黄河的位置找几个比喻。

一张弓的比喻；

一弧弯月的比喻；

战争与和平的比喻，原地厮守和漂泊的比喻；

得道和失道的比喻，此岸是爱彼岸还是爱，渡口也是一个比喻。

世界睡下后，渡不走的就是秘密。

我对渡口的情有独钟，也是渡不走的秘密。

一切的现实和一切的未来，都能在这块土地最初的名称下，拥抱并且和解，如同河水永远抱紧河床。

2016.9.4凌晨 山西运城大禹渡

世界会从梦中醒来
——写在六一儿童节

仍未出生的孩子,在你们之前,世界当然已经存在。

过去的内容同样丰富,它渐渐地变成历史,你们将要慢慢学习。包括我在内的先人,他们曾经一边努力地幸福,一边忍耐无法避免的生命的遗憾。你们的到来,证明他们没有中途绝望。

未来依旧辽阔,爱情和友谊也不是意外。当人心变得复杂,你们长大并且年富力强。

多年以前,我也曾活力四射。

我在夜深时读史,想用碳素笔强调往事里的美妙,想涂去一直重复出现的苦难与背叛。

我发誓让自己除了爱情与恋人,爱所有的一切,直至爱到每一个角落。

孩子们,你们将是智慧的主人。

给历史纠错,给美好批注。

过去是梦,你们以及未来属于真实。

你们来到这个世界,世界会从梦中醒来。

2016.6.1凌晨

超 越

一

一块石头突然谈起哲学。
它总结土地的硬度,风弹奏时间的表面,它是路上的难度,它有深刻的记忆,你如果向前,就豁免它对土地的篡改?

二

你要向前。
未来是爱你的,你放下丰富的往事,所有的朝代只是时光波浪的具体描述。
一浪兴起,一浪衰弱。
历史里的鲜花与你无关,你注定不是接受赞美的人。
因为石头正在路上暧昧,它的同伴是远处的山脉。

三

曾经,我建议人们应该公正地评价一块石头。
不能轻易地将石头看成是我们经验里土地的顽固,尤其当我们的精神明显虚软,人性仿佛沼泽,勇气被修养代替。
而规则渐渐演变为流行的沉默,事物在观望里训练着生命力。
待在原地,一起感叹。
远处瑰丽的云霞是天空新的伤口?
一块石头是怎样的方程式?

四

我发现了石头的秘密。
虚度时光已经被谱成歌曲,你唱我唱,谁是那个心痛的人?
乌云是一块膏药,贴在天空蔚蓝的皮肤上。
谁唱一唱理想?
理想是一次超越,如果谁都不是坏人,我们就在前方的某一块麦田边上相聚。
懒汉联盟的一个助理员,正被平庸主义委任为主持,我预言不久的未来,他会被理想约谈。
在规定的时间和规定的地点,一块无聊的石头,它要如实交代,它不属于远方,它是伤害理想的一块石头。
有一天,我们会集体歌唱。
在超越之后。

2016.5.30凌晨

雨后：复出的夕阳和上面的乌云

被夕阳染红的乌云感激事前的一场雨。
谁也不能说清楚一堆乌云里究竟怀抱多少秘密，恐惧的秘密修辞了光明的真相。
乌云是天空正常的成员。
在地面待久了，你忍不住会喊苍天在上。
这不是我们理解一片乌云正常的方式，一片云也会拥抱另一片云，闪电是怎样的情感？
它们的声音也许只是高处的悄悄话，到达人间的时候，为何会振聋发聩？
我在傍晚时分看到夕阳上方的云，雨洗尽了铅华。
葫芦里装什么药不要紧，能治人间的病就行。
人间的美好俨然整个岁月的安慰，如果浊气上升，乌云是天空的白纸上写下的纪实的黑字。
夕阳染红了乌云。
乌云倒映成湖水里的沉重，我是湖畔凝望晚霞的人。
雨后复出的夕阳和夕阳上面的乌云，我眼前的风景就是这些。纪实里的复杂必然会有结尾，结尾若是黑夜，我是黑夜里有梦的人。
梦一醒，天会亮。

2016.5.24凌晨

上　坡

一

形势把路面抬起，如果长不了翅膀，前进就意味着上坡。

三十年的急行军，脚步创造了路的辉煌。

我们看到了粮仓，曾经的饥饿，只能由历史去负责?

当爱的权利上纲上线，往事应该成为距离。

以恨的理由去斗争，我们看着果树开花结果，然后，果实只能芬芳在记忆里。

我要说的是，路面被对手扯起，宛如峭壁。

同胞们习惯攀缘。

二

我要赞美攀登向上的人们。

他们不仅是我传说中的祖先，更是我身旁的同伴。

我愿意忘记他们具体的情绪，忘记他们中某个人对我的误解和伤害。我看到他们的努力，他们是路途的行人。

而路遭遇颠覆，不仅是那些高高在上的人毁了梯子，那些不知姓名的远亲，他们习惯了我们的泪水和汗，他们在纸上画下货币，解决我们的劳动。他们发明世界的伦理，废除我们爱的动力，只给我们恨的叹息。

他们有内线，收买一些善于画出我们江山起伏的人，以真理的名义诱惑那些忽视祖先的人，然后建设了路途的客栈。
危险就是这样被安排。
我坚持赞美攀登的人。

三

环境里被污染的心情。
无动于衷的人，暂时领先为精英。他们以纪律为理由，实现对自己的保护。
生产力面临舆论的监督，谁是未来的真理？
我看到路变成坡，我们是一致的爬坡的人？
记住那些留在谷底的朋友，防止更多的那些在前方岩石后射箭的亲人。
他们发明生命保护，他们让被收买的人做主席助理，做媒体的主编，然后，停留在原地就是广大的不明真相的人。
他们是前方的特权。
而我，依然赞美流汗攀登的人。

四

上坡。
和时间的拥抱将证明勇士的内涵，我们是一群属于勇士的人。
坡上的坎坷是未来的苦难吗？谁是苦难的主人？
上坡，喝一杯烈酒，豪情属于男人。
深渊在后面，勇士只会浪漫，前方不能转身，你要向前。
狼群里有我们熟悉的名字。
有的叫懦弱，有的叫顽固，有的干脆就叫亲人。
他们愿意坐在果树下，仿佛劳动者等待果实成熟。
他们是我们需要警惕的敌人，我们如果爬坡，就希望把这些守成的人双规，让他们不能垄断舆论，让他们不能做我们前途的主人。
我们一心一意地尊重客观，客观是一段坡。
我们一起心无旁骛地爬，从家爬到国，从国爬到公正和自由。

2016.4.26凌晨

母爱是一纸合同
——写在母亲节前夕

每次电话,我只对母亲重复一句话:儿子很好。

我省略了千山万水,用幸福代替正直的批判。

她知道我很好她就很好,所以我忍住了寻常的问候。

我想在母亲节前写下关于母亲的诗,想念她不是某一天的事,我的每一个行动都与她有关,不坑蒙拐骗不丢良心,对人要善良,这些是我想念母亲的资格。

到了晚年,母亲成了城里人。

庄稼虽然就在不远的城外,但她已经不是土地的主人。她收集大量的花盆,从老家运来熟悉的泥土。种下乡下女人全部的往事,她不栽花,只种青菜、葱和蒜。偶尔也种几株番茄和丝瓜,她在自己组装的土地上浇水施肥,像从前一样,等待它们结果她有足够的耐心。普通不过的日子,一旦番茄红了,她认为孩子们只要有了出息,世界才算美好。

她会留几只丝瓜自然老去,瓜瓢金黄,仿佛青春空了,出现的是一张老脸,皱纹丰富,却依然慈祥。

我一年也回不了几次老家,每次月圆,我就会久久南望。母亲在电话里语言不复杂,她重复最多的是知足。

我知道她在用自己的知足让我节约奋斗。

母爱是一纸合同。合同里只有甲方,义务无边,回报豁免。

2016.4.21凌晨

劳动者

无论如何，我也是天空下的一个劳动者。

命运是一位艺术大师，他手握巨笔，蘸江河之水画出我脸上的汗珠。而一切的颜色来自于大地，他以青铜之土画我的肤色，以黑夜和黎明画我的双目，以最硬的石头表达我体内的骨骼，用岁月来给我脸上的皱纹写意。劳动者必须相信劳动。

命运看不见，艺术大师一直想分配我情感的比例。爱多少，恨多少，希望的位置是否高于沮丧，他犹豫在冬天是否要给我的环境画下冰雪，夏天的天空，雨水或者冰雹的后面，要画一道彩虹？

我确实具有劳动者的忍耐，一生不戴面具。大师，他怎样画我的春天？

油菜花应该已经开放在我的故乡，北方的柳可以绿绿地摇曳。树梢添上两只黄鹂？一只是劳动者的老伴，另一只就做沉默的恋人。

劳动的场景单调辛苦，劳动的人终于也能够浪漫。

时光的苍茫一定会泊在额头的皱纹里。

色彩不苦，请大师画出劳动者的宽容。我扶犁时认真，播种时豪迈，疲倦的时候，太阳仿佛一团火，它点燃我嘴上的旱烟。

如果命运真的是艺术大师，他会给劳动者一个怎样的结果？

我是说假如到了秋天，高粱红了，稻谷飘香，树头挂满果实。为劳动者画出丰收，大师，他画还是不画？

其实，我只知道我劳动过。

结果由命运决定，大师可以画山河壮丽，可以画乌鸦一边吃着果实，一边对着劳动者非议。秋天是一个伟大的季节，它是劳动者的粮仓，命运不是历史的定数，他给大地画下如火的高粱。

2016.4.14凌晨

湖畔新闻

一

岸柳让湖水醒来。

我是胜利的预言者，在冰封的冬天，我从深夜走到朝阳，我是湖水被含蓄的波浪。

北风很紧的时候，我替湖水说话。

说湖面的一层冰只是天冷时的沉默，而波浪的生产力表现得慢下来，灰尘在湖面奔跑，我绝不在冬天思考湖水与落叶属于怎样的生产关系。

柳丝绿了，它们引导湖水向上。

二

一群蝌蚪在湖水的近处活跃。

它们是湖水破冰时的创新，细小的尾巴如同船的舵，湖面辽阔，所有的方向都是正确的方向。

因为它们是我眼中的蛙鸣。

我对碧水湖的爱从岸边的垂柳开始，然后深入地研究蝌蚪。

湖里的群众也包括鱼虾和泥鳅。

几只野鸭借着春光在宣传，它们显然不得要领。

它们吞下湖边的螺蛳，仿佛整个湖的主人。

当它们追食蝌蚪时，我仿佛愤怒的猎枪。

你们不能消灭夏天热烈的声音。

因为那是人们广泛的权利，蛙鸣是水上的风，是湖水生产力的梦。

三

湖畔新闻非常简单。

一个热爱春天的人刚刚告别上一个冬天，几只野鸭试图立法，它们要求人类保护野生动物。它们推动湖水的浪，吃鱼苗吃蝌蚪，然后用双翅扑打着湖水，我的碧水湖，春天来了，你依然不明真相。

我把摇曳的柳看成是升高的湖水。

至于几只野鸭，我相信猎枪正义的专政。

蝌蚪一创新，蛙声将会嘹亮。

2016.4.13凌晨

声音在耳朵深处开花

让声音在耳朵的深处开出一朵花，含苞待放的那种。

春雨应该不远了。

冰裂是怎样的噪音？冰面上的灰尘追随枯叶，在风中发言了整个冬天。

你听到的一切是春天的柔软吗？

如果是，请告诉我抒情的理由。

寒鸦仿佛一片树木的主角，它们喋喋不休地说着冷，从地方出发，差一点冷却了中央。

一些声音缺少温度，它让芸芸众生梦想着干柴，火星在遥远的夏天，你的冬天冷吗？

茁壮成长的树木有可能避开一把锋利的斧头，那些根部有病的，躯干变空的，它们申请春天再多一个春天，它们带病工作，通过新芽和绿叶证明自己的健康。谁都不想离开习惯已久的好日子，我也是。

我的耳朵侦察着外面的声音，顺耳的逆耳的，虚弱的洪亮的，耳朵无法逃避。

甚至人们的心跳。

我的耳朵听出心跳的表情，表情有着不一样的颜色。它们都在这片土地上，它们竟然不是向日葵，所以心的方向存在差异。

让声音在耳朵深处开成一朵花，没有嚎叫没有冷漠，世界开花了，我们也是一朵。哪怕错过了绽放的年代，我们就站在一枝花下。春天热闹，各种心跳是花的各种味道，所有的臭不可闻，只是现实的病。人间的音乐，我们只记住一树芬芳。

2016.3.17凌晨

选　择

我喜欢这个高空中的客栈。

半个小时前,柳丝在月色中安静,朴素地绿,夜深时我有了孤独的信念。

已经过去的傍晚,在喧闹的环境里,我发现自己吹不出从前的笛音。那不顾一切的清脆,顽皮而勇敢的战士,笛音沉默。

我选择了脸上的皱纹?

刚犁出的新土,态度是那样的直接。如今,已经被庄稼覆盖。

走一步,就要在路旁的石凳上坐下。以累的名义重新思考先驱们的后果,我选择承认自己脸上有了皱纹。

我选择客栈来说明自己此刻的位置,因为我不是时间的主人。我在客栈的高处,皱纹似乎有了高度。皱纹里的空被每一个日子填满,填得最多的是忍耐,忍耐最多的是自己的智慧,智慧中最无聊的是怀念一把剑,它在鞘内害羞,而春天,生命满地都是,就在窗外。

旅行之后,就知道什么是爱了。

所有对你好的,你要选择童年的直觉。

所有对你坏的,你要恨自己脸上的皱纹。直接拿剑,革命不是一个大词,它是男人的一次浪漫。选择题唯一正确的答案,是战斗。

如果时代不允许轻易战斗,在客栈就一个人喝酒。

往事里的好人或者坏人,选择模糊。

把困难也灌醉,春天,就选择欣欣向荣。

2016．3．26凌晨

我来自哪里
——与新归来诗人群同题

我从棉田来,要到温暖那里去。
我从拥有泥鳅、鳝鱼、田螺的稻田,走近一锅香喷喷的米饭。那些饿了还要忍耐的人,在肚子饱了之前,先不谈理想。
想让风景万能,险途、荒凉,以及人性里的悲哀,用风景包装起来。我记住了童话、祖训和被美梦熨平了的浊浪,风和日丽、江山如画,我固执的出处只属于这些。
我来自于劳动,所以要忘记懒惰;
我从认真起身,从此拒绝荒诞;
我来的地方场面不热闹,这导致我现在习惯了孤独。
我要完成的路途上,风声追求着飞鸟的翅膀,空气中注定弥漫诗意,它提醒我远离那些商量好了决心做小人的人。我要求自己只带着来时的爱,任何复杂与苦难,爱,是我唯一的通行证。
来自出发,归于抵达。
途中,光芒穿越一切黑暗。

2016.2.4凌晨 立春日

两种力量

有时,迷雾是很好的宣传。
湖水当然应该荡漾,而冰以温度不够为理由。我因此看到湖水缄默,我一看到湖水被冰专制,我的心里就呼唤火山喷发。
什么样的人害怕被颠覆?
什么样的人害怕失去?
我爱波浪和波浪拍岸的声音,我爱小船在柔软的水面滑行。一只船篙直抵湖心,仿佛国家的本质被深深地热爱。
一种力量要坐在高处看风景,说白舸争流是假的,说百花齐放是假的,红红的太阳没能解决湖水结冰,那是因为湖水病了。
湖水病了,落叶在冰封的湖面舞蹈。灰尘是水的蓬头垢面,我们是祖国的人,只有祖国让我们干净。这种力量在从容自若地取证,如果事物要丰富,请注意:所有的人应该尊重冬天。
第二种力量我不说,我在梦里恋爱。五十岁的人了,不是爱到执迷不悟,而是爱的忍耐。一层冰抵御不住春暖花开,祖国需要鸟鸣,鲜花会开满大地。市井里,人声鼎沸,谁说那些引车卖浆的就不是最后的真理?

2014.12.18凌晨

下冰雹也不能阻止我六月午后的散步

六月中旬的大雨,有冰雹如同天空里坚硬的骨头。我是一个从不打伞的人,夏天炎热的局面被冷却,我的衣衫皆湿。刚性的抒情一改我记忆中雨水的温柔,它用裂石后的结果回答我经验里天空的缥缈。

缥缈是轻的。

冰雹是重的。

我是那个在烈日炎炎中散步的人,起初,只想让阳光补补我的钙,或者晒去我体内的阴郁。冰雹是天上的试题,我不打伞,直接以行走的方式抢答。冰雹接触事物的声音多像童年记忆里的炒黄豆,哗哗啪啪。一些零散的敲打不如集中地发言,我只想完成午后的一次散步,冰雹击中我也没什么,这是因为我没有很好地预测天气。如果谁对我无视,这更加没什么,人生谁不会看错别人一次?

冰雹尽管砸下来,而天没塌。

想听我告白?

我是一个有性格的人,冰雹和雨,你们软硬兼施也不能阻止我完成六月午后的散步,直到阳光重新出来。

2015.6.24

对你们我要慷慨些

我决定更加慷慨些,你们想死后进入天堂,我首先告诉你天堂是好的。

好山好水好风光,那里树叶不落,秋末绿寒冬绿。我补充地形容天堂里真的全是花朵,都是刚刚绽放的模样,每一朵花上皆有露珠,每一个露珠边上都有一只甜蜜的蜜蜂。

天堂里没有乌云,烦心的琐事风一吹就变成天籁般的音乐,所有人都是诗人,栖居或者行走,自由多得让人偶尔怀念世间的枷锁。

在天堂,货币是笑柄。在天堂,骄奢淫逸者和卑躬屈膝者会被问责,人们的目光很干净,因为世界在眼睛里的倒影原本纯洁。

你们现在知道了天堂的好?心胸狭窄的人、作恶多端的人其实是与那里无关的。你们烧高香也不行,穿金缕衣也不行。知了在已经过去的一整个夏天,喊着的焦虑压弯了此前从善如流的杨柳。

我设想着自己法力无边,比如把天堂作为礼物,在你们活着的时候就送给你们。

荒诞的故事应该有真实的结尾:你们各显神通地装修,一个智者捋着胡须,他说:地狱的效果也不过如此。

2014.11.25凌晨

让我们提前老

很快我们就要老了,骨头不再如钢,牙齿不再如石。泰山太高,就不爬了,即使登上最高处,别的事小下去,我们再大也没有什么意义。

西湖也不去了,涟漪上泛舟,爱的浪漫已经没有必要溅起浪花。睡莲想念黄昏,静下来就是一场梦。我们哪里也不去,梦很好。遗憾和动情都在沉睡中进行,珍惜的就抓紧,错过的就当作梦错了。

一心一意地老,鼓励年轻人继续奋斗。我们互相看白发,看皱纹,看目光里一天比一天的朦胧。精彩的世界任由它精彩,谁是英雄谁是豪杰,我不是江山你不是美人。我们提前让彼此老去,日子里的诱惑和陷阱会失去作用。

还比较什么呢?不争了。斗倒了伙伴也不过是最后的一场唏嘘,成功和失败都是人生的标点符号。我是你的总结,你是我的概括。难分难解似乎等于糊里糊涂。不清醒,俗人幸福我们幸福。忧患属于美德,老了,就不谈理想。我们共同谈经验,小鸟飞不成老鹰,空旷的宙宇,江湖险恶,只要我们握紧彼此的手,我们就在乾坤里相忘。

听话,不叹息。好好地老,我们一起马上老。

2014.1.26凌晨

方 向

大家一起重新需要方向。

四溅的火花，它们的结果是枯焦是灰烬。尘土太多，不能再继续缅怀被深埋的迷惘。

时间紧迫，方向不能是东南西北。人站在四面之内，为"囚"。人前进，不留后路，头颅昂向天空的缝隙。闪电的"闪"，光明的前奏。

方向，我们不彷徨。不彷徨了，形式和借口就会成为假象。假象是永恒的谎言，谎言怎能阻止我们的爱？

我们爱山川爱海洋爱天空和大地，我们的爱合乎道德，如果法律正确，我们的爱更合乎法律。一切在心中，我们大家是有内涵的大家，方向一旦确定，人字在所有规定之上，我们和世界的关系为"内"，高出去的一寸就是我们大家的尊严。

方向，时间紧迫。一道光柱告别闪烁，时间的目的地在哪里，光柱的终点就在哪里。

2014.1.17凌晨

关系：蚂蚁和大堤

对蚂蚁的印象：身穿黑金铠甲，分散的时候就是一般的群众。

中午的阳光照耀着长长的大堤，庄稼、村舍和人，在左。不断流下的水、水里的鱼虾和水面上的船，在右。

堤面身披柏油，四车道，中间是白漆画下的规矩。一切的前进总会遭遇迎面而来，而大堤待在原地，它是稳定的基础，结构天真。

我走在大堤上，我在阳光下脚踏实地，我喜欢前方金黄色的悠远。

对蚂蚁的继续关注，是在我走下大堤。

兵团规模的蚂蚁，依次挤进大堤底部的穴。

它们如果放弃光明，它们的黑暗会产生什么样的力量？

它们穿越隧道，把守着大堤的两侧。

我重新爬上堤面，突然担心河水是否会发一次脾气。

当大川暂时不流向海洋，蚂蚁兵团的黑暗隧道将为它开路。庄稼以及边上的一切，谁是苦难的主角？

我想放弃速度地写诗，让速度尊重蚂蚁横穿大堤，让它们到大堤另一侧的广阔天地，让它们闻着稻谷的香，在炊烟袅袅的意境中大有作为。

领路的人和行走的人，给蚂蚁们画下斑马线，让它们的生活不转入地下，它们行走虽慢，但终于可以在土地上投宿。

关系：大堤和蚂蚁。

事关重大，它超越全部日常的爱情和道路在阳光下的伸延。

2017.1.8下午

我给星星解冻

我要给星星解冻。
这么说着，冬天就真的要过去了。
傍晚的迎春花憋着长夜里的黑暗，青春的时光明天来临。
星星解冻后，天空从此自由。
白云，这温柔的棉被，轻轻掀开一角，星光外泄。给人间一个仰望吧，一切的寒冷会在流动的星河中消融。
一些真实属于无解，让它们是地面上的谜语。
唯有春天将要继续。
星星解冻，天空自由。 　　　2017.2.27凌晨

鸡年往后

鸡年往后，天就会是亮的。
仿佛黑了许久，仿佛从此光明，我在黎明时分踱步，看到庭院里的雄鸡飞上了树梢，它们然后啼鸣。
希望不能如此寄托，我向东方望去，天际正游动巨鲤，它翻了个身子，让人拥有信心的黎明被古训形容成鱼肚白。时光以及时光里那些沉默不可言的部分，是巨鲤下面的水。
船与舵手属于光荣的叙述，礁石与波浪重复着游戏，水草随时都有，它们的方向与水流一致。
雄鸡一唱，一切都会好起来。
今后，人民的岁月不能鸡飞蛋打，因为祖国拒绝鸡犬不宁。我在黎明踱步，原谅全部的黑，只为了相信光明会照亮我们热爱的田野。
在雄鸡吹响号角的时候，醒来的和梦中的，露水如霜，但我们一起不冷，因为光明正在被唤醒。
　　　　　　　　　　　　　2017.1.27凌晨

烟花之夜

夜晚，北风呼啸而过。

留给这个庄园的是烟花绽放后的味道，总有一些特殊的时刻，人们聚在一起，制造硝烟。

时光如沙，它认真地与每个人发生关系。

指间漏走的成为往事，我一边看天空中烟花的绚丽，一边握紧右手，我要握住一点旧时光。

握住泛黄的照片，相爱的人牵手，街头的十字路口，不彷徨只期待，红灯总会变绿，青春定然一路走过来，走到这个夜晚，看天空的硝烟纪念真理。

硝烟是良药，专治麻木不仁。

一个人远离另一个人已经很久了，如果硝烟能够让我们集体地仰望，我会从此记住人性里的这一次火树银花。

广场是城市的自信，它反对人们在自己的灯光下各自为政。

烟花绚丽，我是人群中的一员。

北风想冷，我愿意热烈。

2017.1.31凌晨

我以沉默的方式歌唱

一

在雪山的寒冷中，雪莲正确地开放。

人间烟火缭绕在山脚，总有一些事物属于日常之外。

那些被忽视的坚持，雪莲花如果流泪，多少次雪崩会破坏山的沉默？

二

你擦亮自己的鞋，不允许灰尘暗淡你的前程。

沙漠、泥潭和真相的模糊，双脚收回它们的发言权，它们沉默。

沉默是不够的，我要以沉默的方式歌唱。

歌唱我瘦削的身体早已能够容纳人间，歌唱我一直珍惜爱情而省略了仇恨，歌唱春天里的第一只鸟和寒冬里的梅。

三

想安静了就沉默。

傍晚坐在湖畔，湖水不说话，它以涟漪的方式沉默。

一些人用网收获了湖里的鱼，一些人在技术地垂钓。
湖水沉默。
晚阳在沉默之上。
我在春天的黄昏，上午我被欺骗，下午我安慰了一个好孩子，而夜晚即将到来，我决定以沉默的方式歌唱。

四
多余的声音会破坏这个世界。
朴实的话语已经在民间省略，圣贤选择寂寞。
我一个一个地爱过来，麦苗拥抱着田野，柳丝甩动着春天，天空的表情正在晴朗，如果沮丧没有意义，我就歌唱。

五
歌唱啊。
我性格沉默，我为自己歌唱。
人间的春色刚刚走出冬天的协议，春光只能大好，我是春天的责任人。
我话语不多，主要是厌倦了长篇的说教。
我以沉默的方式歌唱，用犁片和冻土的斗争来歌唱；
我以沉默的方式坚定，祈祷麦苗四十天后会出现麦芒的态度；
我以沉默原谅往事，言多必失，一个人喝酒，酒后也不胡说，只歌唱。
歌唱夏天的荷，歌唱秋天的藕，如果稻谷飘香，我愿意是沉默的粮仓。

2017.3.20凌晨

在冷冷的北方，我尊重有温度的水。温泉，是土地的良心。　——《阿尔山的态度》

第四辑
温度，在山水之间

阿尔山的态度

赫拉克利特说：自然喜欢躲起来。——题记

一

我投宿的地方是一座山，它有一朵花的名字。当阳光有了傍晚的温柔，我想向玫瑰峰要一个高度。

如果谁告诉你，玫瑰长在高山，你不要仅为玫瑰而登攀。你要在高处看一条河，看河畔的草原和仿佛画中的羊群。

我喜欢这样的黄昏，哈拉哈河的气质忧郁而深沉，在夕阳下。

我喜欢站在玫瑰峰一尊像极了思想者雕塑的石峰边，向下眺望。目光辽阔，全部的山河暂时都属于思想者。当地的诗人李岩说，石峰与一位领袖很像。

我坚持把高处的光荣给予思想。

当我们站在山顶，我们就一起把思想投向山下的事物，真实并且具体的事物。

二

在野韭菜个性固执的味道里，我从蓝柳花的美丽背后，看到大片的趴地松。

它们是这里最朴素的比喻。

不长高，但气宇不凡。它们在石丛里扎根，石头黑里透红，这段地形里河流名叫柴，提醒曾经的树木与火的关系。

爱着爱着就选错了方式。

久远的地心之火，它推翻作为一块整体石头的山脉。大石太霸道，它垄断了土地的形象还是禁锢了生命的丰富？

液体的火，土地深处的脾气？

我理解一切革命的理由，石头裂开，旧雨加上新雨，时间沉默为永恒的伴侣。我现在看到的新事物生长在陈旧的石头之上，听到河水汩汩流淌，黑褐色的存在似乎重新美丽，草、野花与树木覆盖住最初的伤痕。

美丽，在疼痛之后。

三

哪一块土地能够如此袒露内心？

在阿尔山，我看到大峡谷深深的往事。如果时间允许，我会一块一块地数，数几十万年前森林里的每一棵树，数树枝上每一只松鼠和天空中飞翔的鹰，数野生动物公民般的眼神。

这里是石头的世道。被地火煮沸熏黑的环境，我看到火热的心。

一些水证明着这片土地上纯净的湿润，我愿意把这种湿润形容为希望的情感。

高处的水就叫天池吧，低处的依然是地池。再大一些的我们习惯用湖来命名，阿尔山湖泊众多，边上有鹿就叫鹿鸣湖，边上有杜鹃就只能是杜鹃湖了。

这些静止的水是我印象中一篇篇散文，天空、山脉和山脉上郁郁葱葱的树木是文章里吸引眼球的内容。

但我想让水流动。

四

阿尔山确实有一条流动的水。

它就是我在玫瑰峰看到局部的那条河——哈拉哈河。它核心的意味有两点：一段河可以说服严酷的寒冬，不让厚冰封住水的口；更长的路程属于历史的回顾，家里家外都是马背上的英雄，如果你听到水声，那不是一条河的叹息。当爱无奈时，我同意它最后把爱留给亲人。

河畔，草原广大，山脉逶迤。

战争不是全部的历史，金戈铁马、圆月弯刀，英雄魂归何处？

我热爱哈拉哈河，爱边上蒙古包里真诚的兄弟姐妹，爱长调类的牧歌。

一切暴力应该溯流而上，到火山喷发的地方接受培训。

哈拉哈河，我听到阿尔山人称呼你为他们的母亲河。

五

深秋季节，我建议你们读懂阿尔山。

阿尔山，温泉之源。

在冷冷的北方，我尊重有温度的水。

温泉，是土地的良心。

当季节进一步深入，深入到冰与雪，陌生的人也可以在这里从容。我珍惜有良心的土地以及土地上一切事物和事物中间的人们，我在别处如果神情紧张，就选择在这里放松。

放松，像自由的人一样自由；自由，像温泉的温暖一样相信世间的依恋。

我不知道温泉是否为火山喷发后土地对自己态度的反思，我此刻被温泉温暖，相信自己走出卧牛潭的忍耐，走出虎石潭里的咆哮，只记住悦心潭的哲学。

植物和时间，它们不是给土地的创口疗伤。它们今天的态度很好，人与自然，你们要善待对方，如果累了，阿尔山就是疲倦的人的远方。

2015.8.25凌晨

文笔峰
——给天下第一道山

天生的一支好笔，这次，只写天下文章。
好文章只需开头时最重要的一笔，其余的情节让人间的万家灯火去说。
文笔峰，你手握怎样的一支笔？不让自己过于挺拔从而避免仅让自己高高在上，不让自己离田舍和庄稼太远，不食人间烟火的文章如何有一个让读者满意的结尾？你因此把对人间的态度含蓄在山的深处，千言万语可以省略，一个"道"字足够。你写下故事的开始，起句只为"一"，所有的情节留给世界的万物和苍生。
我登上文笔峰的时候，夕阳正慈祥。
山确实不高，但它有道。夕阳落山时，我在心里默念：万岁，文笔峰！谁能够写出天下太平，谁就是天下最好的文笔。

2014.11.9凌晨 海南文笔峰

在莫干山剑池
——给箫风兄

到了我这个年代，古旧的石头上长出了滑。这个字绊倒了我，还有两个字在我的上方："剑池"。

四月，新雨后的翌日，诗人箫风陪我登上浙北的莫干山。山坡上站满翠竹，当一株株新笋讲述这片竹海的未来，我听到箫风急促的声音："当心！"

我一跤跌倒的地方，正好能清晰地注视两尊黑铜的雕像。

其时，镆铘的手握着剑，干将擎着锤。

其时，我的右手小指被石头划出了鲜血。

与剑有关的人物锋利了我所知道的历史，总有一些岁月需要剑的光芒。同时需要的还有人类的鲜血，它是生命的花，悲壮地美丽着时光里的某一个朝代。

我并不相信，只有血肉之躯才能换来名剑的名副其实，但我相信，每一个具体的日子都会呼唤剑魂。

这个中午，阳光重点介绍着石壁上缓慢行走的水瀑，它们是记忆的一种方式。背景陡峭，镆铘和干将依然是记忆里平静的主角。我一定不想只做配角，我是一个在传说的剑池里留下一滴血的观众。

剑魂是山谷里清爽的空气。

干将不在身旁，在我身边的是南方的一位兄弟。

沉香的哲学

不说爱,更不说恨。

今晚,我只想对你说我知道了一种伟大的味道。

万亩玫瑰和更为辽阔的郁金香,它们输给了这一缕青烟,青烟与缥缈的承诺无关,它更让谎言无法发声。它的根部从含蓄的名字开始:沉香。

而沉香的故事缘起于一棵热带的树,温度是最起码的条件。人类的体温是最初的标准,生长的过程里,土地和天空的对话是文献里空气的声音,太阳是永恒的注视。高尚者有光明的纪律,一棵树长成了沉香,它目睹了世间的一切,它再次发言的时候,它选择的方式是:燃烧。

前因和后果尽可省略,你如果神情庄重,大自然会简单地把你总结成美好;如果你继续利欲熏心,请你走远,远处,有硝烟和战马的叹息。

沉香继续安静地燃烧,我是我自己的味道,简单并且高尚。

当空气芬芳,沉香里的哲学是关于人类的希望。

2014.11.8凌晨 海南文笔峰

花之外

到一定的时候，花就会开放，这不是你看与不看的问题。

看花的目光如果弯曲，会影响它的心情。

花瓶怎么能成为它的目的地？中途被采撷的情况经常发生，风爱莫能助，它叹息，仿佛因为一个自由的事物壮志未酬，未竟之渡的档案是经验中历史的灰尘。

花所生长的土地制度完善，一个朝代和又一个朝代的落叶提供岁月的营养。土壤本来肥沃，太阳的照耀宛如光明的祖训，它虽然无法拒绝宿命的浪漫，比如一滴露珠品了它的柔软，比如一只蜜蜂破译了它心底的秘密。

但是，权力的诱惑似乎稀释了权力的威胁，你眼中的花一旦象征，就会以独到的香把它的意义宣传到花之外。

我强调默默无闻的独立，那些看似寻常的尊重没有复杂的情节，它在花之内，却更在花的外边。

2014.10.19凌晨 上海

龙井的立场

正确的龙井不会忘记它的立场。

三月的春雨和一片慢坡，梅家坞就是这样的故乡：最初的觉醒被鼓励，茶树上的第一嫩变成一个个温柔的小刀片，它们的主人是一个集体——五百户。

不说一杯茶让我们如何忘却生命中的酸甜苦辣，它含蓄地香，孤独或者沮丧，不怕。

龙井在，一杯茶即是最真实的好时光。说起龙井茶，它们忍住梅家坞永恒的乡愁，人的路有多长，它们就是路；人的时间有的在清晨，有的在黄昏，即使在漫长的夜，一杯龙井应该是时间里最好的味道。

从梅家坞走出的龙井，需要一壶好水，需要双倍于人类体温的热度，需要安静也需要世界所有的风云。刀片一样的叶在纯净的水里慢慢表达自己，往事里爱远去，恨远去。龙井讲述的是未来的辽阔，如果梅家坞是它乡愁的方向，乡愁就是我们内心的温柔吧。

一杯龙井，在所有的路上，我们不会丢。

2015.4.2下午

苍梧路

远去三十年你也是苍梧路,除去最初的青春,我就知道只能爱你。

爱你,你用两旁梧桐的浓荫覆盖我的惆怅,我愿意忘记全部的蹉跎,只知道爱你。脚印留给你,风霜雪雨留给你,激情与乐观覆盖住沮丧,它们一起留给你。

豪迈属于你,沉默属于你。因为你是路,一直让我相信未来可以辽阔。我以整个青春走在你的怀抱,不否认由于看见一只鸟在天空孤单地飞,整个冬天我都想流泪。我相信我的泪水与最初的记忆有关,所有让我难过的人我早已忘却,我一边散步一边学会尊重友谊。我的友谊在你东边花果山上结果,开花含蓄,果实静默在时光的苍茫里。

苍梧路,就是那只孤单的小鸟在天空划下深刻。我是仰望小鸟的人,小鸟在高处飞,我从更高处看到阳光,阳光照耀苍梧路。

2015.4.27晚 连云港

湖水踩着星星的脚印走进我的梦

湖水是踩着星星的脚印走进我的梦的，然后我来到一块玉米地里，玉米须成熟时一缕紫红，接着我发现了一粒粒玉米金黄金黄，它们排列整齐而有耐心。

我不知道自己怎么在早春时一下子就梦到了秋天，湖水如何荡漾着星星的声音。正如一切不能没有结果，声音里那些不发光的晦暗不听也罢。

我的梦开始学会了蔑视，一些内容如果与我的梦无关，在我醒来后就更会让它们在遥远处，一边利己一边唯我独尊。我喜欢星星的小脚印在安静柔软的湖面奔跑，我喜欢这样的梦境。星星在人间走动，春天静悄悄，环境不黑，我希望这样地醒来。

2015.4.4下午

朝　阳

多美的窗花！

我醒来后的第一个惊喜，太阳贴在眼前，纯红的局面足以让我忘记曾经的黑暗和黑暗里紊乱的梦境。

我在梦里拔剑，现在可以入鞘。

我在梦里奔跑，现在可以从容。

我在梦里流泪，现在可以坚定。

太阳，刚升起就治疗了我的焦虑和惶恐。

太阳，刚升起就批改我黑暗中写下的那些偏狭、阴暗、总是失意的作业。

太阳，刚升起就鼓舞我丢弃带着露水的孤独。

如果不能伸出双臂去拥抱你，我就先伸出右手与你相握。

如果不能忘记你对我的背叛、占有和世俗的垄断，我就在太阳升起的这个时刻遗忘所有关于你的自私和骄傲。

我让爱情小于爱，让仇恨小于原谅，让黑暗对着窗户上的阳光道歉，让梦里的惶恐在光明里坚强。

我与朝阳的对话就这样简单：你把结尾写成开始，我把你的开始写成我的总结。

窗花，这一次，是朝阳。

2015.6.6凌晨

蓝 天

让两片调皮的云朵,弹跳在天空的额头,天空的表情只是蓝。

这深刻的蓝,不允许你明天肤浅。

假如后天,你表情不好,罚你掉转脑袋,不给你爱下面群山的机会。群山里奔跑的动物、唱歌的人群和悦耳的溪水,它们都和你无关。

我相信神仙也一日三餐,那好,请他们承诺天空的表情就只是蓝。否则,麦子熟了,神仙就饿着;否则,杏子黄了,神仙只能在天上流着口水。

天道好的时候,我对自己也有要求。

我省略人间的歪道和歪道上的泥泞,省略房舍的大小不均,只提醒行走的人们认真地来到旷野,来到旷野,一切的狭窄和阴暗皆可远去。一个习惯匍匐的人也能神清气爽,他刚刚发现一角在赞美声中隐匿已久的阴暗,他选择鄙夷地与之决裂。

他站在旷野,神清气爽地看天空的蓝。如果不能将本质一蓝到底,谁是谁的报应?

2015.6.11凌晨

荷花和乌鸦

原谅我,在一片菖蒲里还是重点看着荷花。荷花有七枝,其中的一枝正在开放。我忘了出淤泥而不染之类的表扬,却突然担心草莽群里一枝荷会不会有什么危险。我知道荷不孤独,一定有藕在下面匍匐着它的底气。其实,我更希望边上的菖蒲成为觉悟的人民群众,他们的叶片是能战斗的剑,而且,到了七月,蒲棒如同镔铁长棍,任何对荷不利的势力起码不敢轻举妄动。

七枝荷为何首先引起我的重视?

请看看它们所处的环境:杂草没有掩饰住青苔和泥土的浊,弱小的浮萍左右摇摆,可能是泥鳅在下面活跃。

在被玻璃幕墙污染了人性的城市的边缘,一枝开放的荷花省去多少的路程让我们回到从前的纯粹?

我端详着它用细长的茎支持着纯洁的重量,其时,阳光如注,花心敞开一如我们的心灵选择干净而不加设防。

一只乌鸦飞来。

一只老乌鸦从西南方向飞了过来。
它在远处的山河上方仿佛喜鹊,在菖蒲失去警惕的时候,用沙哑的问候把它的粪便泄在荷花的花瓣上。
然后迅速撤离,躲进一个古老的城市。继续扮演喜鹊,向麦地和挂满果实的树木化缘。
如果我依然坚持以荷花的态度对抗乌鸦,我能够坚持到底直到胜利?

2015.7.6凌晨

我是这样步步深入地走进甘南

一

就这么决定了：阳光和红衣僧人，再加上红墙和超越时间的转经筒。

这里既然不俗，我也选择干净。

干净的表达要向上，经幡如同一棵不老的树，树冠是正午博大的阳光。我坦承：拒绝现世的诱惑依然需要伟大的地理。

而在认识拉卜楞寺之前，我一直在夜深的时候拿着粗粗的红笔，想标下爱永远大于恨和恐惧的地理。像鹰依托天空的安静与博大注视具体的地面，只让目光广泛明亮，不纠结在狼毒花和草原鼠这些土地上的缺点里。

二

佛性的力量在甘南大地上弥漫。

我从第一个转经筒开始，转去额头的皱纹。然后转去名利的绳索和被无视的委屈，转去人世常见的趋炎附势，在草原和牛羊成群的关系里慢慢品味从前马背上驰骋的勇士，为何眼神中透露出苏鲁花淡黄色的腼腆。

越来越像人一样地爱人，随便谁走到这里，都会有人的真实与尊严。

三

如果我歌唱甘南，我会让黄河先唱。

让黄河先唱！第一首歌婉转地回荡，在随后的泥沙俱下之前，我决定理解一条伟大的河流也可以有犹豫或者留恋。水还是清的，许多艰难的旅途还没有出现，这里的山坡有草和花的情怀，牦牛与羚羊表情生动而幸福。黄河首曲唱响的时候，浓浓的白云竟然意乱情迷地依偎在山谷。

歌词已经不再重要。

流动的黄河水，什么曲子最美妙，它就是水的旋律；什么语言最深刻最有意义，它就是首曲最饱满的词。

四

原谅我不能把更多的赞美给予尕海。

因为我在后面的日子里知道了迭部的扎尕那，一些进步的技术目前还没有发掘出山峰和土地的使用价值。我的感动正是缘于生态的力量，山溪在毡房边上流，蝴蝶与蜜蜂在油菜花上飞,同行的诗人们在青稞地里疯狂地奔跑。他们发现了阳光下青稞长长的芒,仿佛尖锐的思想的光必须认真地从土里长出,都市的雾霾以及严重的压抑再也不能对抗青稞光芒的态度,这就是扎尕那。土地上还生长着含蓄的燕麦,麦粒藏在胸中,即使丰收,也绝不轻狂。

扎尕那的风格犹如野薄荷的清香和山芹的甘鲜,你在别处郁闷,在这里请纵情地享受本质。

我素面朝天地尊重本质,多日后回到都市,我想起那里的兄弟,他们是甘南伟大的土特产,人性的乡愁方向明确。

五

我重复的是:人性的乡愁方向明确。
它在甘南裸露的山脊。
它在甘南绿草丰富的山坡。
在黄河也听懂了佛音的大地。
在祖祖辈辈生于斯的黧黑的面孔上。

2015.8.3凌晨

道士下山

——写给文笔峰

绵绵细雨含蓄了南国的夕阳。
在文笔峰之顶，看周围土地仿佛读一篇大文章。文章的细节包括行人和一群黑羊，椰子树最高，花朵最动人，在一排竹林外边，是一排农舍，农人在暗下去的屋子里。
一尊峭拔的岩石一直是这座山的重点。
为了文笔不虚，道士携道下山。被雨淋湿的夕阳在文章的开头就开始抒情：想想那些待在屋里的人，外边的土地上留着他们种下的庄稼和植物。想想那些已经走进泥土深处的人，他们给后来留下村舍、牛羊与愿望。
天就要暗下去了，夜色中的故乡是看不见的。
道士下山，幸福是看不见的。
道士下山，不幸福的事也是看不见的。
道士徐徐下山，羊群惊动人间的炊烟，一切都如同过程，只有道在不远处。
熟悉的完美会破碎，担心的面目皆非能够复原？
从文笔峰下来的人都是道士，好文笔不能把文章写坏。
道士下山，理想万岁？

2016.1.7凌晨

在普济寺我想起渡过的大海

海浪说一句，我说一句。
到了普济寺，我想到刚刚看过的大海。
大海说：我的话每一句都不同。我不屑说出的，就让它们永远在水的深处。你难以忘记的坏人，他总是找到所谓的理论，支持他继续伤害你们。
我说，我要超越大海，我要到普济寺。
普济寺香火旺盛，出家人的生活就是念经。
他们念大海每一道波浪里闭门不出的内容，把心肠念硬，水底的悲伤只说海鸥，不说沉船。
梵音不绝，大海的话也永远说不完。
我知道自己无法叙述大海的声音，我故意忘却所见过的一些景象，鲨鱼是我厌恶的海洋里的教授，它皱着眉头，排浪仿佛川字纹。它忧郁地深沉，葫芦里的药是什么呢？
涛声是它惯用的豪迈，船只摇晃如同虚假的酒醉，它熟读海洋的历史，它说：我是鲨鱼！我是鲨鱼！
我就是鲨鱼！

在普济寺，我找到了一块很好的橡皮。
我擦去记忆里的污点和天真。
我决定成熟。
成熟的我在普济寺只重复一句话：阿弥陀佛！
      2015.9.13凌晨 普陀山

泰山与日出

可以登上绝顶，但别的山不小。

一切的往事留在山下，在高高的山峰上，我们只面向未来。未来是永恒的提醒啊，心里只有自己的人，一定像山头松动的石头，也许一阵轻风就让他滚回原地。

忘记曾经的惆怅，惆怅里故作玄虚的脸，你在充满灰尘的地方因为灰尘的赞美而喜悦。

我此刻想到的是未来，未来正和初升的太阳一起问候我站立的山峰。

山峰有伟大的名字，它是泰山。

雾仿佛日出时的考验，一些人中途回去，看不到日出就不能留在山顶？我骄傲，我是留下来的人。我爱雾中的信心，边上的树伸出手臂，它想握住太阳的手。我也想握，握它永远的升起，握它的豪迈与坚定。

我非常想表达我在高高的泰山顶看到日出时的心情，心里应该只有太阳，夜的暗与暗中的故作聪明成为我必须鄙视的内容。

在泰山顶兮，我在，众山可以不小。

这里的日出不允许利欲熏心，也就是说，对待万事万物首先需要彼此尊重。这一感悟让我有勇气与龌龊的人远离，我呼唤的庄严在高高的泰山顶上。

泰山，爱在高处。

我是不会恨的人，在泰山，所以我不能低。

同时不能低的是刚刚升起的太阳，它红，红了山上，也温暖了山下。

2015.10.25下午 泰安－上海高铁上

的康复结果——
沉香

棵树受伤之后。
无法抗拒;后来,人为的
广泛的事物。
,它和兄弟姐妹默默生
很好,地形起伏,阳光斑
如果小鸟啾鸣,时光里曾
歌?
我听到人的叹息,听到社
会进一步想到世界的绝

行无与伦比的康复治疗。
的咸仿佛对环境恐惧时
阳光和空气是看不见的绷
对伤口的自我救援先从体
须从泥土里寻找处方,
的味道,树干上每一个纹
者乡间小路,其他道理全
、媒体的监督以及社会
一棵树的沉默。

能够自我疗伤的这棵树,它的名字是否可以叫作坚强?一切的苦不说,一切的希望也不说。伤口愈合之后,一切的关怀同样不说。世间什么味道最有内涵?我想把这种内涵给予一棵白木的康复结果:沉香。
即使在深刻、无奈的复杂里,我也要更加深刻地芳香?

2015.12.8下午

旅行吧，到陌生那里去

旅行吧，到陌生那里去，那些熟悉你的人就无法伤害。

防止高高在上的人压抑你的上升，你研究春天的野菜，趴下，只要不是人上人，制度会原谅你。

一般情况下，熟悉的人给予你现实的评价，陌生属于一张网，你是一只小鱼小虾还是一条他们期待已久的大鱼？

我赞成你的梦，你是未来人们的收获。

你是匍匐的春天，蝌蚪围绕着芦苇的根部，蛙鸣是季节变换时的起义，谁是历史的记录者？

旅行吧，到陌生那里去。

谁爱你谁就不会让你装修自己的日常，至于生平，无非是墓碑，无非是灵魂的隐约。

你爬着书写自己的传记，敌人如果在地狱，你绝不去天堂，因为你想继续斗争，敌人是前世的黑暗，你要做一团火，烧了他们的委任状，你想看到未来的人间，什么样的人会担负祖国的责任？

旅行吧，到陌生那里去。

现实主义的批评只是往事。谁能够正确就让他正确，你是时间的审判者，你省略了委屈和泪水，你是自己的鲜花，花开在朴素的大地，你的理想是环境终于公正。

你飞翔着去旅行，不说死亡，不说绝望。

真相近视，未来是梦，梦里有人爱你。

2016.4.19凌晨

清溪在仁山中智慧地流过
——写在绥阳清溪

一场夜雨，地表水覆盖了地下河，清溪表情丰富时，我们上船。

爱山者仁，爱水者智。

两岸的山一路陪伴着清溪，我们是溪上人。

当黄亚洲把这里比喻成一幅水墨，我们希望来自扬子江的胡弦手里拿着一把扇子，一摇摇出山顶的青松，好时代坏时代都傲然挺拔；再摇，摇出水清，照映人脸，更能照映世道人心。

臧棣说：胡弦最希望摇出抚琴的少女，祖国的东西南北都能奏起感动人性的丝竹。

船驶向清溪的腹地，地面的杂物没有世俗了这里的水。爱水的智者终于可以清者自清，一只鸳鸯飞起，另一只奋起直追。如果让人间充满爱，智者需要怎样的智慧？

我站在船台，望着清溪两岸的山。仁者不易，他要原谅溪水在人迹最近的地方浑浊，他不轻易否定溪水的涟漪，如同认定人性最后的温柔。活在人间的人们，处理混沌时是否要相信时间的智慧？

感谢贵州的一条溪水，它让我们忽视眼前的浊，只需坚持一下就可抵达一条溪本质上的清。我想钦佩的是，绥阳树木葱郁的山，它没有辜负我对它仁者的期待，因为我看到它陪伴清溪走远，目送一条水东流，在承受江湖风云之后，一路向东，所到之处，事物都能智慧地成长。

仁者站在绥阳的山顶兮，溪水里的船是一个朝代。我与其他的同行者是智慧的见证人，世事虽多烦忧，我们如果不愿意绝望，就相信一溪清水，相信它流淌一生的努力。

2016.5.10凌晨 贵州绥阳

深入山王洞

我是相信土地深处一定有格局的，山大王一直是我对地面上事物的担心。

绥阳已经装修好的洞穴，各种光虚拟了梦的斑斓。当我想与土地内部的真实坦诚交流，我们一行人已经来到山王洞的黑暗里。我们要求自己每个人都是一束光，光抚摸着洞穴的内脏，红的心引领道路的九曲回肠，掏心掏肺的结果是我们一起感叹地面上的修辞。真理素面朝天。

一些怪石是丑恶者的象征，喧嚣的环境里，你如果为虎作伥，怪石就是你将来面临的报应。努力地做好人，你眼前如玉的石就是你前世作为一块石头后的结果。修行的内涵规定了你不能把专政的冷酷给予一张朴素的脸，你要是想证明自己的勇气，就去完成一次对决——与那些敌人，从家一直到国。

山王洞爱憎分明，它无法干预世间的过程，但它预言着最终的结果。英雄和美人是洞内生动的结构，至于石头开花，山体的水珠仿佛花上的甘露。

我们就是这样，以探险的方式答题。

问题复杂，回答从容。
善良的心走进大山的肺腑之言，心灵亮了，黑暗的山王洞就如同天堂。

2016.5.11凌晨

双河客栈：顿号之后的旅程

客栈，旅途中的一个顿号。

犹如黄昏是太阳的一次休息，客栈，我离开主路，在树荫下挥扇冷却滚烫的汗水。

我端详着这个客栈，山的形状很好，一条清澈的溪水自西向东地流。干净的水让我不再担心都市的灰尘，不管别人曾经拥有怎样的理由去管理无辜的行人。在这里，在祖国西南边陲的客栈，天高皇帝远，我可以从容。

山水诗写得多的人，他是尘世的失意者。

我只想在客栈夜宿，客栈的名字叫双河。

一条河流走路见不平，一条河流淌未来的期待。

客栈是我理想的社会制度，每一个投宿的人都可以围绕篝火跳舞，星星的眼睛在天空，它们被陌生者的友谊感动。谁轻易地穿着便衣想随意地把客人从客栈带走，谁就会忐忑。

双河客栈是贵州版图上的一个小内容，我在这里睡得安详。

初夏的蛙声虽然彻夜长谈，它们仿佛市井的热闹，我在客栈入梦，顿号平静。下面的文章与阳光有关，阳光晒干这里多雨的脾气，醒来后，我会是一个精力充沛的行者，祖国让我睡得踏实，下面的路不妨就是一次爱国演说。

真正的路，在顿号之后。

2016.5.12凌晨

黄昏：亲人的眼神
—— 一个村庄的档案背后

一

从日子的废墟爬出来，天才会亮。
太阳能够正确地照耀，庄稼总能长成丰收，夏天的傍晚，我在两条山脉间的道路上散步。
周台子是一个村庄的名字，如果用历史剧来概括，当演员入梦，谁是舞台之外的编剧？而台词是我喜欢的家常话。
亲人，走出自己的屋子，大家站在一起，我们不说准备好的台词，因为，人类的关系无法彩排。

二

我记住了黄昏的意境。
之前，乌云路过这里的天空。雨水的重量悬挂在高处，一群鸟飞向四方，它们奔波的原因是由于没有一块麦田意味着幸福的粮仓。
在荒芜的边上，应该有人能够召集绿洲。
带刺的事物就叫玫瑰，它们是山谷里的风景；有态度的庄稼不妨命名为高粱，夕阳下的一片火炬，一个村庄下面的故事或许关于理想。
我习惯地把敢于坚持的人称为英雄。
这个英雄动员一棵草站在另一棵草的边上，然后绿了山冈；这个英雄与每一块石头谈心，石头们贡献出锰与钛，这些生活中的元素，让我们联想到人类精神中的钢铁意志。

三

当我必须说到范振喜的时候，我仿佛身处自己的故乡。
我一直警惕在诗歌里赞美一个具体的人。
雨后的黄昏，一排排建筑的窗子眼神透明。
篱笆和墙已经被省略，我喊亲人，乡音会漫山遍野而来。
人心是有方向的。
我决定大胆地赞美，因为江山的环境依然存在广泛的惆怅。
什么是真正的癌？
在我们生活的年代，我拒绝写下冷漠和叹息。

集体的内涵包括勇气和奋斗?

陌生的人,如果你在别处丢了自己,就来这里,亲人们一起再爱,爱金银花的欣欣向荣,爱玫瑰芬芳了的田野。爱一双农民的手,任性就是朴素,朴素就是村庄的信心。

四

我想告诉那些书写大文章的人。

周台子含蓄在山脉中间,宛如文章中的一个标点。

我希望一切的主义走出生动的借口,每一个标点都能正确地断句,每一个文字如同每一个真实的生命。

他们是文章中的好句子,我爱他们。

是的,每一个汉字每一个标点,他们有时会誓死捍卫历史的理想,有时也会把文章的结尾写到别处。

五

周台子村的北侧山顶。

站在这里向下观看雨后新鲜的黄昏:一群劳动者和他们的社会。夕阳美好,人间平等。

2016.6.26凌晨

秋后在韩家荡说荷

让我们在秋后说一说荷。

秋风中枯黄的叶片，用它来比喻一个人，他一定有很多往事。

荷叶的往事是碧绿，其中的高潮一定关于荷花的盛开。在韩家荡，荷叶不可能三三两两，它们展开自己，良田万亩是我亲人的村庄。大片大片的绿任性地描绘，汗水里的盐以及劳动的沉重，我不说，让无数的荷花带着露珠去叙述。

一生中总有一次盛开，使我们忘记曾经发生过什么别的。

有人见到残荷就叹息，他没有注意黄昏下荷叶老年的安详。年纪到了，就会本质。

下面的藕马上就会有出头之日。

秋后说荷，主角是黑暗中的藕。

污泥中一切的忍耐应该等来公正的结果？

2016.10.30下午 响水韩家荡

山脉K线图

我仔细地看这段山脉，左高右低的时候，我决定翻过一道山。

夕阳照向东边，飞鸟的翅膀被阳光镀红。

我在山的这一面再看。秋天的形状除去落叶，我看到红枫的表达。山形左低右高，关于未来的走势，突然发生转折。

有人在春天投资，持有成长性的树木，有人在夏天最热烈的时候撤退，他们误判山脉的坚定。

右边最高处，我看到一簇簇枫树红得让人惊喜。

只有会看山的人，才能忘记深渊。

投机主义者摘下金黄的柿子，他们走进谷底，在山溪边散步。

在山谷看山脉，峰峦叠嶂的景象使我警惕股票的K线。岩石挺拔，这些土地中最坚硬的部分用一寸寸的身体买进高度；山形严重下切时,石头们没有团结在一起,这个时候,总有山溪流过,为了行人不遭遇悬崖的绝望。更多的情况下,山脉连绵。起伏,如同日常的人群。我在别处曾经看到大大小小的山洞和山体被剥削的模样,我痛恨老鼠仓和人为的灾难。让山脉自由,即使暂时的深渊,对面,依然是另一座山拔地而起的信念。

文字写到这里的时候,已是山谷的子夜。

我以酒代茶,走出房间,站在山谷安静的黑暗里。

一抬头,望见山脉省略一切色彩斑斓的气候,它黑魆魆的影像是夜晚里多么坚强的存在。我只看它的最高处,然后看到满天的繁星。

真正的K线是山脉的脊梁,它在光明里,更在黑暗中。

它在牧夜人的心上。

2016.10.10凌晨 宽甸天桥沟

丝绸的野史
——写给吴兴

将人体的外在材料作两种比喻：铁皮与丝绸。

在多年的对刚毅的呼唤之后，从湖州的吴兴回来，我突然地整夜高烧。那个丝绸之源，难道是让我在一身热汗后，检讨自己硬撑着的坚强？好吧，今夜，我就说一说丝绸。

一

身披丝绸的人，要迎风而立。

风的形状就是自己的身体，一个平凡的人，突然飘扬出属于他自己的旗帜。

千万根蚕丝的团结，终于没有辜负最初的一片桑林，蚕们在吐纳中作茧自缚，斗室不大，一点五立方厘米的建筑面积。多余的纯属多余，一只蚕闭合了自己。它搭建屋舍，然后试图只做自己的主人。多日后，当它的屋子遭遇强拆，有心的人类把它的牺牲叙述成奉献。它的一些兄弟姐妹赶在之前，破茧成蛾，今后，它们的寓所就是整个飞行。

二

城堡是坚硬的。

丝绸柔软了城堡里面的人。

一座城池的信心始于丝绸的联想，持矛荷戟者保护的也许只是人性中所剩无几的温柔？

摸一摸丝绸，人的皮肤应该这样光洁细腻。

脸皮薄一些，走过的路上，是否留下什么羞耻？

人在大地的各处，待在城堡和小镇，他们语言各异，丝绸进去，丝绸出来。路途遥远，如千万只蚕吐出的丝。

一匹丝绸展开，宛如一篇很大的文章。

每一个文字是蚕。

蚕的成长里弥漫着桑叶的味道，吃饱了然后上山，山只是一次形容，麦秸编织的山脊，蚕于是满山遍野。

这些是文字深处的内容，一定有人忘记了它们。

三

我呼唤丝绸的野史。

桑林为蚕的稻谷，一片桑叶的版图不大，蚕

无须巡视山河，它把江山吃进体内，江山于是只在它的腹中。我无法构思一只蚕和另一只蚕的关系，它们之间是否像我呼唤的那样互相关怀？它们的性别是否说明爱情也在江山上蠕动？当它们分别躲进小楼，它们的世界观属于各自为政还是从此隐退？

也许，蛹更能适应黑暗？

野史的规律，本能说了算。

如果历史严肃，本能常常受到批判。

当生命的意义被注入理性，每个人必须做到矮了自己。

蚕，吃饱了，吐丝如砖，建筑就是这样诞生。

省略了所有的窗棂，干脆与世隔绝。

它们，一直睡下去，在昼夜的劳动之后。

四

我赞美棉花朴素的温暖，这个时候，远古的我们发现了蚕的劳动价值。

我们让丝变成绸缎，绸缎放在我们身上，我们中的一些人于是高贵。

缂丝和十缎锦，人间的品秩何时开始？我们的平等输给了一只蚕？

我不愿把蚕叙述得如此有力量，丝绸柔软了我们的身体，我们生命的模样暂时模糊了骨头与棱角，人体优美，我们是美好的弧线。

弧线走向远方，世界仿佛黄昏的温柔。

五

在这个名叫吴兴的古城，我寻找第一只蚕。

它的历史写于本能，爱累了，它躲起来。它不恨，一边呼吸，一边吐丝，把一生所吃的吐尽，后来的丝绸如果风流倜傥，那也只是人类的野史。

人让丝绸美丽，人就美丽；

人让丝绸高贵，人就从此有了历史中的尊卑。

而我在初冬的江南，在这个古城，双手抚摸着素丝，摸索出一种柔软，仿佛蚕的遗愿，世界：坚强+温柔。

2016.12.4凌晨

创作年表

1、1984年创作散文诗处女作《爱是一棵月亮树》,首撰"月亮树"一词。在《青年翻译家》发表后,被《读者文摘》等众多书刊选载。

2、1989年编译《中外女诗人佳作选》,由浙江文艺出版社出版。

3、1990年,由漓江出版社出版散文诗集《爱是一棵月亮树》,收录托名玛丽·格丽娜的爱情散文诗60章,在读者中产生广泛影响。

4、1991年,翻译帕金森第三定律《幽默发达学堂》,由河南人民出版社出版。

5、1991年,翻译路斯·史密斯的《西方当代美术》(与柴小刚合译),由江苏美术出版社出版。

6、1992年,创作以母爱为主题的散文诗集《飞不走的蝴蝶》,由安徽文艺出版社出版。

7、1993年,翻译福赛斯的小说《敖德萨秘密文件》,由台湾星光出版社出版。

8、1993年,在未名湖畔创作散文诗组章《我们》。

9、2000年,出版散文诗合集《爱是一棵月亮树》,收录《爱是一棵月亮树》《飞不走的蝴蝶》《紫气在你心头》三个专辑。由中国广播电视出版社出版。

10、2004年,出版彩图珍藏版散文诗集《风景般的岁月》,由中国文联出版社出版。

11、2006年,出版精装版《周庆荣散文诗选》,由江苏文艺出版社出版。并在南京举办本书首发式及作品研讨会。

12、2007年至2012年,担任《诗刊》理事、副理事长。

13、2008年，创作《我们（二）》。在《诗潮》发表后，入选《2008年度散文诗》，并集结成书，由漓江出版社出版。

14、2008—2010年，创作《有理想的人》《我是山谷》《英雄》《井冈山》《时间》《梦想》《义天和孝地》《尧访》《冬去春来》等，受到读者关注。

15、2009年，与灵焚等人发起"我们——北土城散文诗群"，并主编《大诗歌》。

16、2010年《诗刊》（上半月）第五期"每月诗星"栏目推出《有理想的人》散文诗十二章，这是该刊此栏目首次发表散文诗作品。

17、2010年，出版中英文典藏版《我们》，由译林出版社出版。在中国社科院外文所举办首发式及研讨会。

18、2011年，再版《我们》一书，软精装，附CD盘，由译林出版社出版。

19、2011年出版《有理想的人》，由中国青年出版社出版。

20、2013年，出任《星星》散文诗刊名誉主编。

21、2014年，出版《有远方的人》，春风文艺出版社出版；出版《预言》，北京燕山出版社出版；获《诗潮》年度诗歌金奖，《芳草》诗歌双年奖。

22、2015年，中国文学评论核心期刊《文艺争鸣》发表"周庆荣散文诗评论"专辑。

23、执行主编《天津诗人》冬之卷"中国诗选·散文诗"专辑。

24、2016年，获《星星》第二届散文诗大奖；获第七届"冰心散文奖"。

25、2016年获第二届刘章诗歌奖。

后　记

寻找人间失落的温度
——散文诗集《有温度的人》代后记

其实，我一直清醒作为一个写作者，本无须在写作之外再去做一些别的。而事实上，这些年我恰恰刻意在许多场合呼吁散文诗走进诗歌视野的理由与权利。这在某种程度上导致他人怀疑我的写作动机，在完成了《有理想的人》《有远方的人》两部作品之后，我想坦诚地说，我是一个不需要用诗歌去证明自己存在意义的人，我只想活出真实和真实中的态度。

现在，这个态度就关乎温度。

几年前，说理想，没有把它往大处说。我只是在这个词被人嘲讽时，试图为理想正名。理想与意识形态下的导向无关，它似乎更应该恢复到每一个个体成长的自由与独立上。事物和人，需要努力一下，用努力生长来叙述自己的理想。如果所处环境存在制约或者自己恍惚了生长的理由，这证明我担心理想被淡隐是有道理的。理想之后，我说到远方，因为这个时代，越来越多的人只能重视当下，眼前的惆怅与现实的价值，我们似乎无法不去认真面对。智慧和精力只为近处而发生作用，这是我所担忧的。我思考了远方，其实是在希望我们每个人真的能够拥有远方并且真的可以走到那里。

为何要把这部散文诗集取名为"有温度的人"？这与我自己的在场感受有关。我是一个清醒现实又不愿轻易放弃理想的人，期待生活中人性不冷。但问题是，我们能够在任何时间都不去怀疑人性的信心？

这样的怀疑，使我思考每一个生命个体的体温。

这关乎我们所生活的时代的精神品质，自我要求体现在我首先要保证自己拥有一个人正常的体温,和外界关联时,不掠夺他者的温度。按此逻辑,社会就不冷。

可是,什么力量能够使冷漠走出人间的词典?如果没有力量,我是否从此一生只能冷冷地生活?

我不否认自己的焦虑,从理想、远方到温度,我一路前行,观察到许多反义的环境,有时,甚至在他人的嘲讽中一个人独自饮酒。

回到诗歌现场,我敢于在任何时候说:我待之真诚,绝不玷污。因为我从来也没有指望凭借它为自己谋获什么,我珍重几乎所有同样在写作的人,因为我从历史的往事里得知必须有一些力量超越现实的具体。

大概是因为我喜欢用散文诗来表达我对生活的态度,而这一文体竟一直缺少先天的权利。这些年来,我听过不少仿佛优越者的议论,似乎散文诗的存在给了他们居高临下的条件。对此,我要说,如果你们真有能耐,就去成为能够一视同仁地尊重全部事物的那部分人。

我认为广大的散文诗写作者有权利叙述他们的态度,他们在对生活的发现过程中付出艰辛的劳动,这些劳动与其他文学种类一样,都与我们的精神世界有关。

在经历无数次人间的冷暖之后,我坚持保持自己拥有人类的平均体温,不是简单地给他者以温暖,而更是让我自己不冷。这是我在散文诗写作之外热情而真诚地握更多的手的原因,如果这样的握手无法唤醒现实中的公正和良知,那么,我们尽可彼此陌生。

当我写下温度的时候,我要求自己记住生活中所有善良的面孔,这些面孔应该都是诗人的面孔,环境再冷,诗歌不冷。

让我们一起寻找人间失落的温度,已经找到它的人,请写下有温度的诗,我们需要这样的诗行。

最后,请允许我说出感谢。

感谢四川文艺出版社的厚爱,感谢对文字一贯认真的朱兰女士,但愿这部作品能够呈现一个人应该具有的温度。

2016.11.4凌晨 老风居

图书在版编目（CIP）数据

有温度的人 / 周庆荣著. -- 成都：四川文艺出版社，
2017.5（2017.7重印）
ISBN 978-7-5411-4654-1

Ⅰ.①有… Ⅱ.①周… Ⅲ.①散文诗－诗集－中国－
当代 Ⅳ.①I227

中国版本图书馆CIP数据核字(2017)第076355号

YOUWENDUDEREN
有温度的人
周庆荣　著

国画作品	戴　卫
责任编辑	朱　兰　蔡　曦
封面设计	戴　晓
内文设计	戴　晓
责任校对	王　冉
责任印制	唐　茵

出版发行　四川文艺出版社（成都市槐树街2号）
网　　址　www.scwys.com
电　　话　028-86259287（发行部）　028-86259303（编辑部）
传　　真　028-86259306

邮购地址　成都市槐树街2号四川文艺出版社邮购部　610031
排　　版　四川最近文化传播有限公司
印　　刷　成都市金雅迪彩色印务有限公司
成品尺寸　150mm×230mm　1/16
印　　张　11　　　　　字　数　220千
版　　次　2017年5月第一版　印　次　2017年7月第二次印刷
书　　号　ISBN 978-7-5411-4654-1
定　　价　58.00元

版权所有·侵权必究。如有质量问题，请与出版社联系更换。028-86259301